Viviane Koenig

Nitocris, reine d'Égypte

Texte intégral

LE DOSSIER
Un roman historique sur l'Égypte antique

L'ENQUÊTE
Comment vit-on à la cour de Pharaon ?

Collection dirigée par
Bertrand Louët

Notes et dossier
Éric Sala
certifié de lettres modernes

Sommaire

OUVERTURE

Qui sont les personnages ?............. 4
Quelle est l'histoire ?.................. 6
Qui est l'auteur ?.................... 8
Que se passe-t-il à l'époque ? 9

© Librairie Générale Française, 2009
© Hatier, Paris, 2011
ISBN : 978-2-218-93974-7

Nitocris, reine d'Égypte 11

LE DOSSIER

Un roman historique sur l'Égypte antique

Repères 114

Parcours de l'œuvre 118

Textes et image 132

L'ENQUÊTE

Comment vit-on à la cour de Pharaon ? 138

Petit lexique 150

À lire et à voir 154

Les termes avec un * sont définis dans le Petit Lexique p. 150.

Nitocris, reine d'Égypte

Qui sont les personnages ?

Les personnages principaux

NITOCRIS
Épouse et demi-sœur du pharaon Mérenrê. Elle lui succède quand ce dernier est assassiné et devient ainsi la première pharaonne. Elle prouve alors qu'elle possède un caractère fort et de la détermination. Son véritable nom égyptien, Neithikerty, signifie « La-déesse-Neith-est-merveilleuse ».

MÉRENRÊ
Fils du pharaon Pépi II qui aurait régné plus de quatre-vingt-dix ans. Mérenrê est assassiné à la suite d'un complot et meurt sans héritier.

Les personnages secondaires

HORKOUF : compagnon de chasse et fidèle serviteur de Mérenrê. À la mort de son maître, il entre au service de la reine et l'aide dans ses projets.

OUVERTURE

NÉFERKARÊ
Âgé de six ans, le jeune prince est le demi-frère du pharaon Mérenrê et de Nitocris. Celle-ci le fait venir auprès d'elle, au palais royal, pour le protéger. Puisque Mérenrê et Nitocris n'ont pas de successeur, il est destiné à devenir pharaon. C'est un enfant rieur et peu craintif.

LE VIZIR
En tant que premier ministre de Pharaon, il est chargé par Nitocris de retrouver l'assassin de Mérenrê. Proche de la pharaonne, il a confiance en elle pour gouverner le pays et rétablir l'ordre. Il l'aide dans sa tâche.

ITY : servante de Nitocris, elle toujours à ses côtés, chargée de abiller, de la coiffer et de la parer ses bijoux. Elle tremble pour sa îtresse quand celle-ci est danger.

LE CHEF DES ARCHITECTES : Nitocris lui confie la mission de réaliser la pyramide destinée à accueillir la dépouille de Mérenrê. Elle lui demande également de bâtir une splendide salle des banquets...

Nitocris, reine d'Égypte

Quelle est l'histoire ?

Les circonstances

L'histoire se déroule dans l'Égypte antique, environ deux mille ans avant J.-C.
Le palais royal, dans lequel ont lieu de nombreuses scènes de l'histoire, est situé dans la ville de Memphis*, alors capitale des pharaons.

L'action

Le pharaon Mérenrê est assassiné alors qu'il n'est sur le trône que depuis une année. Son fidèle serviteur Horkouf est à ses côtés mais ne peut rien pour lui.

Nitocris est sacrée pharaonne. La reine Nitocris demande qu'on lui apporte la double couronne, symbole de l'empire de Haute et de Basse-Égypte. Elle se couronne elle-même et devient la première souveraine du pays.

6

OUVERTURE

« Les Trois mousquetaires » d'Alexandre Dumas illustré par Leloir, 1894 — B.N.F., Paris.

Le but

Les romans historiques s'inspirent de personnages ayant existé et d'histoires réelles. Mais, puisqu'on est dans un roman, l'auteur crée également des histoires et des personnages imaginaires.

Nitocris prépare sa vengeance. Son vizir lui révèle l'identité des assassins de son époux. Elle va échafauder un plan destiné à les punir.

La reine organise une somptueuse réception dans la salle des banquets, inaugurée pour l'occasion. Sa vengeance sera terrible et spectaculaire.

Nitocris, reine d'Égypte

Qui est l'auteur ?

Viviane Koenig

● LA FRANCE ET L'ÉGYPTE

Née à Paris, Viviane Koenig est une historienne spécialiste de l'Antiquité égyptienne. Elle a vécu en Égypte et a participé à des fouilles archéologiques de 1976 à 1980.
Elle a également suivi une formation de dessinatrice à l'atelier Penninghen ainsi qu'à l'Institut français d'archéologie orientale du Caire où elle s'est familiarisée avec les règles du dessin pharaonique.

Portrait de Viviane Koenig.

● L'ENSEIGNEMENT ET L'ÉCRITURE

Tout en exerçant une activité d'enseignement, Viviane Koenig rédige et parfois illustre des romans pour la jeunesse depuis 1983. Elle est ainsi l'auteur de nombreux ouvrages, romans ou documentaires, sur l'Égypte ancienne mais aussi sur la civilisation grecque de l'Antiquité. Destinés à un jeune public, ces livres reflètent l'attachement de leur auteur à la vérité historique. *Nuit de folie au musée* et *Néfertiti, reine d'Égypte*, ses deux derniers romans sur l'Égypte pour la jeunesse, ont été publiés en 2008. Viviane Koenig intervient également dans les ateliers d'écriture et lors de débats en milieu scolaire et pour le grand public.

	3200 av. J.-C.	Vers 3000 av. J.-C.	2635 av. J.-C.	2600-2450 av. J.-C.	2241-2148 av. J.-C.	2146-2140 av. J.-C. (?)
EN ÉGYPTE	Naissance de l'écriture hiéroglyphique	Début du royaume des pharaons (Ancien Empire)	Début de l'Ancien Empire	Construction des grandes pyramides	Règne de Pépi II	Règne de Nitocris

	3500 av. J.-C.	3200 av. J.-C.	2700 av. J.-C.	2000 av. J.-C.
DANS LE MONDE MÉDITERRANÉEN	Naissance de l'écriture (pictogrammes en Mésopotamie)	Naissance de l'écriture cunéiforme	Civilisation minoenne en Crète	Arrivée des Grecs dans le pays auquel ils vont donner leur nom

OUVERTURE

Que se passe-t-il à l'époque ?

En Égypte

● **PÉPI II** (2236-2143 av. J.-C.)
Son règne commence à l'âge de 8 ou 10 ans et dure plus de 90 ans ! Affaibli par les années, il se retrouve en butte aux conspirations des princes, à la tête des régions (les nomes). Son fils Mérenrê II lui succède mais son règne ne dure qu'un an.

● **NITOCRIS** (2141-2140 av. J.-C.)
Nitocris, demi-sœur et épouse de Mérenrê II (mort vers 2141), est la dernière reine de la VIe dynastie et la première à exercer officiellement le pouvoir politique avec le titre de « Reine de Haute et Basse-Égypte ». L'Égypte tombe dans l'anarchie* après sa mort.

● **LA FIN DE L'ANCIEN EMPIRE**
L'Ancien Empire (2635-2140 av. J.-C.), dont la capitale est Memphis, voit la construction des pyramides et la conquête de la Nubie et du Sinaï. Il s'achève avec le règne de Nitocris.

Dans le reste du monde

● **AUTOUR DE LA MER MÉDITERRANÉE**
En Crète, entre 2000 et 1700 av. J.-C., la civilisation minoenne crée des palais extraordinaires dont celui de Cnossos, peut-être à l'origine du mythe du minotaure.
Les Phéniciens et les Mycéniens, grands navigateurs, rivalisent d'activité en Méditerranée et fondent de nombreux comptoirs.
Le royaume de Babylone se développe en Mésopotamie du Sud, du IIe millénaire av. J.-C. jusqu'en 539, date de la prise de sa capitale par le roi Cyrus II de Perse.

● **EN EUROPE OCCIDENTALE**
De 2500 à 1600 av. J.-C., c'est « l'âge de bronze ancien ». Entre le IIIe et le IIe millénaire, les Indo-Européens arrivent en Europe occidentale.
Les Italiotes s'installent au centre de l'Italie et les Étrusques plus au nord.
Les Celtes s'établiront en Gaule à partir de 450 av. J.-C.

1333-1323 av. J.-C.	1279-1213 av. J.-C.	330 av. J.-C.	305 av. J.-C.	51-30 av. J.-C.	30 av. J.-C.
Règne de Toutankhamon	Règne de Ramsès II	Conquête de l'Égypte par Alexandre le Grand	Début du règne de Ptolémée Ier	Règne de Cléopâtre	Conquête de l'Égypte par Rome

1300 av. J.-C.	1200 av. J.-C.	753 av. J.-C.	332-323 av. J.-C.	48 av. J.-C.	
Moïse (?)	Alphabet phénicien ; guerre de Troie (?)	Fondation de Rome	Alexandre le Grand	À Rome, prise du pouvoir par Jules César	

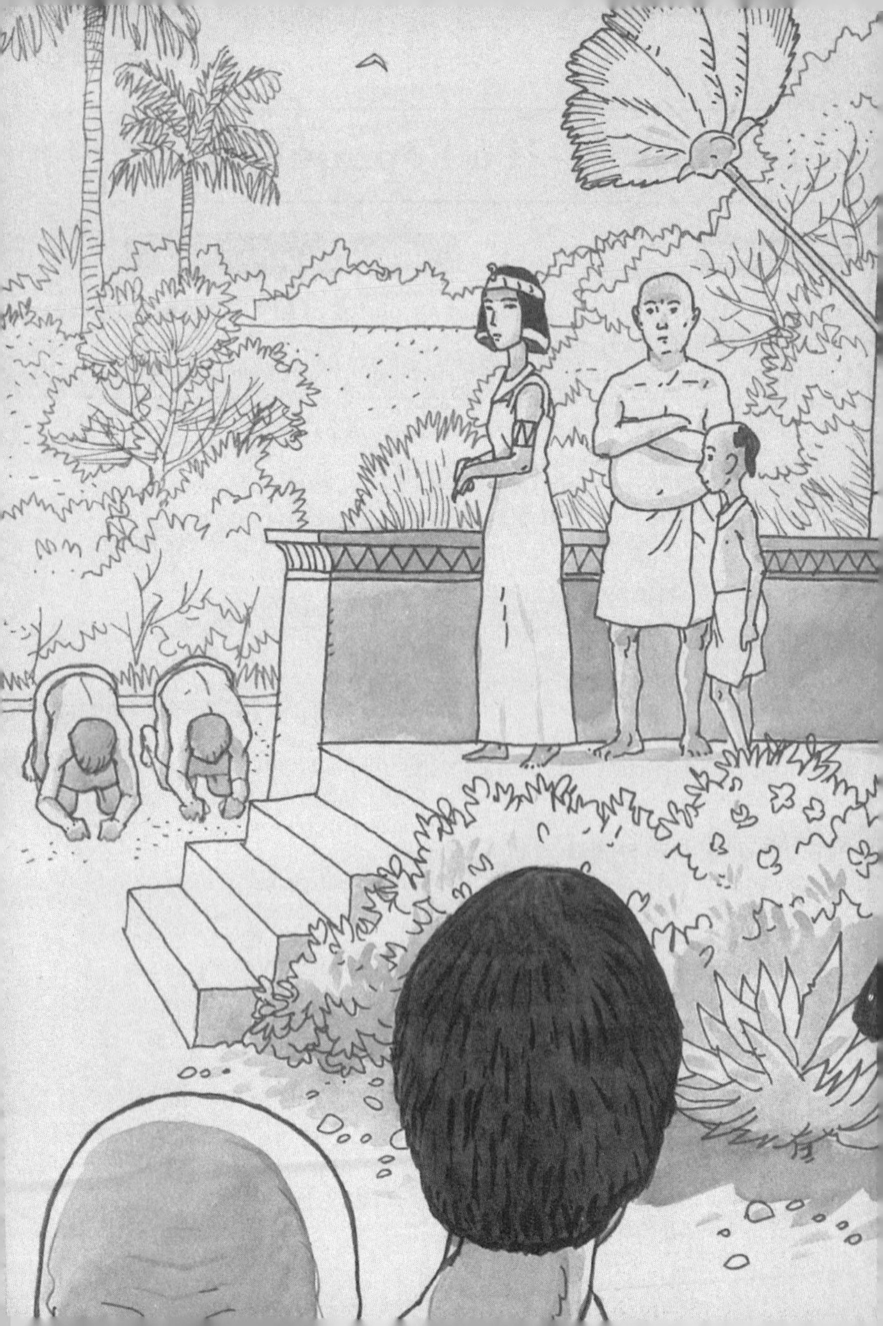

Nitocris, reine d'Égypte

LES PRINCIPAUX PERSONNAGES DE L'HISTOIRE

Le pharaon MÉRENRÊ.

La pharaonne NITOCRIS.

Le prince NÉFERKARÊ.

Le Vizir.

Le Chef des Architectes.

NEITY, *la servante.*

HORKOUF, *le serviteur.*

1

Mort au crocodile !

Il y a déjà 4000 ans, plus exactement le deuxième mois d'été de l'an I du règne de Mérenrê●, Rê, le dieu Soleil, resplendit dans le ciel d'Égypte. Comme toujours, il surchauffe l'air, dessèche les terres, épuise les bêtes et les hommes qui attendent la fraîcheur de la nuit.

Pourtant, le jeune roi Mérenrê ne semble pas souffrir de la chaleur. Mince, le cheveu noir et la peau cuivrée, il chasse depuis l'aube dans les marécages. Debout sur sa barque, il ne craint ni les brûlures du soleil ni les lions du désert ni les crocodiles des marais.

Mérenrê, l'infatigable chasseur, ne craint personne puisqu'il est le roi, le pharaon d'Égypte !

Qui pourrait lui faire peur ? Personne.

Que pourrait-il craindre ? Rien.

Tout lui obéit. Tout lui appartient : les terres d'Égypte, les champs et les déserts, l'immense Mer-Très-Verte, le fleuve Nil, les hommes, les animaux petits et grands, les maisons et les palais, les mines d'or et de turquoise…

Pour le moment sans se soucier de son royaume, le boomerang[1] à la main, Mérenrê s'énerve, se désespère. Il enrage de n'avoir

---

1. **Boomerang** : simple morceau de bois courbe revenant à son point de départ après avoir été lancé.

● Fils du roi Pépi II et de la reine Neit, Mérenrê régna sur l'Égypte vers 2148-2146 av. J.-C.

Nitocris, reine d'Égypte

pris qu'une dizaine de canards, lui qui souhaite des proies plus nobles, des proies dignes d'un roi. Il s'entête et veut chasser encore, malgré la chaleur.

Fermant à demi les yeux pour se protéger de la trop forte lumière du soleil, il scrute les alentours. Dans les fourrés, il aperçoit là-bas, cou tendu et oreilles dressées, un chat sauvage épiant un bébé caméléon qu'il espère dévorer. Plus loin, des ibis aux longues pattes et au long bec se régalent de menus poissons. Une huppe surveille ses petits cachés parmi les papyrus. Des sauterelles bondissent de feuille en feuille et les chants des oiseaux se mêlent aux coassements des grenouilles.

– En voilà un ! s'exclame soudain Pharaon en apercevant le dos d'un crocodile. L'as-tu vu, Horkouf ? Vite, rame vers lui, ordonne-t-il à son serviteur.

Le bel animal a-t-il senti le danger ? A-t-il aperçu au fond de l'eau un poisson à dévorer ? Quoi qu'il en soit, il disparaît dans les eaux verdâtres du marais avant que le chasseur n'ait le temps de l'approcher.

– Majesté, je l'ai vu, mais ne nous éloignons pas des gardes qui...

– Dépêche-toi, s'énerve le roi. Où est-il donc passé ?

Mérenrê jette son boomerang au fond de la barque et empoigne un solide harpon, bien décidé à le planter dans le dos de l'animal. Il cherche son crocodile des yeux ou au moins quelques remous ou vaguelettes trahissant sa présence.

– Allons, plus vite ! exige Pharaon. Que fais-tu, paresseux ? Rame !

Horkouf lui obéit à contrecœur. Il sent une terrible angoisse le gagner. Ses mains tremblent. Son ventre se noue. Il lui semble même que le soleil pâlit.

CHAPITRE 1

« Je deviens fou ou je suis trop vieux, bougonne le fidèle serviteur. Je suis venu ici des dizaines de fois, mais… aujourd'hui… ça n'est pas comme d'habitude. »

La barque royale glisse entre les fourrés. Rapide. Silencieuse.

– Il est là ! se réjouit Mérenrê qui sans voir la pâleur d'Horkouf ne pense qu'à son crocodile. Là, derrière ce fourré de papyrus… Approche encore.

Malgré la peur, la chaleur et la fatigue, Horkouf rame. Il se faufile dans le marécage, ce monde sauvage et dangereux où il est facile de se perdre. Comme il ne peut pas, comme il ne veut pas désobéir à son roi, il rame encore, inquiet sans savoir pourquoi.

2

CHASSE À L'HOMME

Loin des gardes et des nobles qui l'accompagnent toujours à la chasse, son harpon à la main, le fier Mérenrê se prépare à affronter le crocodile, seul à seul. Il sait que la bataille sera rude, mais il est sûr de gagner.

Tout à son prochain combat, Pharaon ne voit ni n'entend l'ennemi qui approche, se cache, le guette. Un ennemi plus redoutable que le crocodile aux longues dents ou le puissant hippopotame. Un ennemi invisible qui le suit, silencieux, audacieux, insensible à la chaleur du jour.

– Majesté, retournons, supplie Horkouf à l'ouïe plus fine que l'hyène. Il me semble avoir perçu...

– Tu te fais vieux et tu trembles ! Allons, je t'ai connu plus courageux, s'amuse le jeune pharaon en riant de bon cœur.

– De courage, je n'en manque pas, mon roi, mais...

– Tais-toi et regarde : revoilà mon crocodile.

– Majesté, il me semble...

Un souffle. Un sifflement.

Et une flèche venue de nulle part transperce la jambe de Pharaon !

Mérenrê se retourne pour voir qui ose l'attaquer. Prêt à se battre, surmontant la douleur, méprisant le sang qui coule de sa blessure,

Chapitre 2

il brandit son harpon, non vers le crocodile, mais vers cet inconnu quand...

Une seconde flèche le touche au ventre. Une troisième l'atteint presque aussitôt au cœur.

– Aide-moi, Horkouf... murmure le roi en s'effondrant aux pieds de son serviteur.

– Ô Majesté, je sentais le malheur approcher. Mais ne craignez rien. La blessure est légère.

Déjà au fond de sa barque rouge de sang, Pharaon voit la mort venir.

Sans perdre un instant, espérant que les médecins du palais sauront sauver son maître qui respire encore, Horkouf s'éloigne. Maintenant qu'il doit agir, ses mains ne tremblent plus. Il rame aussi vite qu'il peut pour rejoindre la garde royale et les autres chasseurs.

Horkouf n'a pas peur, il est terrifié ! Pourtant, il n'y a pas plus courageux que lui. Horkouf a connu bien des batailles. Il a traversé le désert avec l'armée de Pharaon pour soumettre des rebelles, prendre des villes, écraser les ennemis. De ces nombreux combats, il garde une large cicatrice à l'épaule, souvenir d'un terrible assaut contre des Bédouins, les hommes du désert. Mais là, face à cet ennemi invisible, l'angoisse lui noue la gorge. Il tremble de la tête aux pieds. Il a froid sous le brûlant soleil d'Égypte. Il rame, rame de plus en plus vite.

– Majesté ! Majesté ! m'entendez-vous ?

– Que... que... que les... les... dieux... balbutie Mérenrê.

Son sang coule. Ses mains se crispent. Sa poitrine se soulève à peine. Ses lèvres s'entrouvrent.

– Il respire encore, se rassure Horkouf en ramant plus rapidement encore.

Nitocris, reine d'Égypte

Déjà, il aperçoit les Grands d'Égypte● sur leurs barques qui rentrent de la chasse.

— Sauvé ! se dit-il... Mais, le meurtrier est peut-être l'un d'eux, songe-t-il en s'immobilisant soudain. Enfin, le ou les meurtriers ? N'étaient-ils pas deux pour tirer si vite ? Ou peut-être même trois. Non, je dois les éviter pour rejoindre la garde, les officiers royaux... À moins que l'assassin ne soit parmi eux, car ce tueur qui vise si bien... ne... peut être... qu'un soldat ou...

En quelques coups de rame, le prudent Horkouf fait demi-tour et disparaît dans le marais, loin des hommes et du danger. De toute façon, il est trop tard maintenant. À ses pieds, Pharaon ne gémit plus, ne bouge plus, ne respire plus. Le regard fixe scrutant les cieux, Mérenrê a rejoint le monde des morts. Il n'entend ni les chants des oiseaux ni les coassements des grenouilles.

Quand la barque royale s'arrête à l'abri d'un épais fourré de papyrus, le soleil descend doucement vers le désert d'Occident. La chaleur se fait douce. Les animaux des marais s'étirent, s'ébrouent et partent à la recherche de leur nourriture. Dans leur nid, des oisillons affamés appellent leurs parents. Horkouf ne les entend pas. Il ne les voit même pas. Il lâche ses rames. Puis, les yeux brouillés de larmes, il allonge le corps de son roi au fond de la barque, lui ferme les yeux, croise ses bras sur sa poitrine, arrange ses cheveux et pleure longtemps, très longtemps.

— Je n'ai pas su le protéger, se reproche-t-il. Je n'ai pas su.

Des grenouilles sautent près de lui. Des oiseaux chantent. Des mouches bourdonnent, lèchent avec gourmandise les plaies sanguinolentes du cadavre. Horkouf les chasse d'un revers de

● Les Grands d'Égypte sont les nobles, les personnes les plus importantes et les plus influentes du royaume.

Chapitre 2

la main. Elles reviennent. Il les chasse encore. Elles reviennent toujours.

Pour éviter les Grands d'Égypte et les officiers royaux, Horkouf attend la nuit. Il restera caché jusqu'à ce que le soleil disparaisse derrière le désert d'Occident. Ceux qui ont tué Mérenrê ne doivent pas faire disparaître son corps car ils le priveraient ainsi de la vie éternelle. Ils le tueraient une seconde fois.

– Mon pharaon doit être momifié, enterré dans une belle tombe avec des meubles et des bijoux, des jeux et des armes, à boire et à manger... se dit-il.

Une à une, les étoiles apparaissent dans le ciel sombre, belles, étincelantes, joyeuses comme si rien ne s'était passé, comme si le roi d'Égypte vivait encore. Alors, par des chemins détournés, Horkouf regagne l'embarcadère où les gardes inquiets attendent, la lance à la main.

– Pharaon ne les craint plus maintenant, soupire-t-il.

3

Des cris et des larmes

En quelques heures, la terrible nouvelle se répand dans Memphis, la belle capitale égyptienne.

– Pharaon est mort ! Pharaon est mort ! Le Faucon divin a regagné le ciel !

Derrière les murailles de pierre blanche qui entourent la ville, les conversations vont bon train. Près du port, du temple de Ptah[1] ou du palais, dans les ateliers, les belles demeures ou les pauvres maisons, partout, de folles rumeurs circulent.

Des rumeurs ? Non.

Des mensonges ? Non.

La triste vérité.

– Pharaon est mort. Notre roi a... été... assassiné ! précise-t-on en baissant la voix.

– Qui régnera désormais ? s'inquiète-t-on. Qui nous protègera ? Qui offrira aux puissants dieux et déesses d'Égypte prières, chants et danses, nourritures et boissons, parfums et promenades afin de les satisfaire ?

---

1. **Ptah** : le grand dieu de la ville.

● Le pharaon n'a pas d'héritier et son demi-frère, Néferkarê, est un tout jeune enfant. Il n'y a donc personne pour lui succéder, ce qui explique la suite.

Chapitre 3

Autant de questions qui restent sans réponse. Riches ou pauvres, puissants ou faibles, les Égyptiens ont peur. Ils redoutent la folie des hommes qui osent tuer un roi, mais aussi la vengeance de Mérenrê qui reviendra bientôt sur Terre pour punir son meurtrier comme tous les fantômes de morts mécontents.

Ils tremblent plus encore en songeant à la colère des dieux qui peuvent, s'ils se fâchent, décider de la fin du monde !

Que fera Rê, le grand dieu Soleil après la mort de Mérenrê ? se disent-ils. Comment punira-t-il les hommes pour ce crime ? Seront-ils tous condamnés car l'un d'eux tua le roi ? Le Soleil se lèvera-t-il demain à l'aube ? Illuminera-t-il le ciel ou abandonnera-t-il le pays à l'obscurité ?

Et que décidera la terrible déesse Sekhmet à tête de lionne ? Enverra-t-elle sur Terre ses messagers porteurs de maladies et de mort ? Peut-être... Déjà, certains croient les apercevoir. D'autres les entendent.

Tous savent que les dieux puniront le meurtre d'un roi, la plus grave des fautes.

Près de là, au cœur de Memphis, le palais retentit de cris et de lamentations.

Dans la salle où les gardes ont déposé le corps de Pharaon, les Grands d'Égypte gémissent et se lamentent. Ils pleurent le beau, l'élégant Mérenrê. Ils parlent à voix basse de ses nombreuses qualités et vantent son courage. Ils réclament vengeance tout en surveillant les réactions de la reine et du très jeune prince Néferkarê, le demi-frère du roi, un petit enfant.

Nitocris, reine d'Égypte

— Ô mon bien-aimé disparu pour toujours ! sanglote la reine Nitocris. Pourquoi es-tu parti si vite dans l'au-delà, mon tendre ami, mon frère●, Mérenrê, l'*Aimé de Rê*.

— Pharaon a regagné le ciel, Pharaon est mort, répète le Vizir[1] d'une voix grave où se mêlent chagrin et peur car jamais, au grand jamais, il n'a entendu parler de l'assassinat d'un roi.

Toute tremblante, la reine Nitocris, qui porte le titre glorieux de Grande Épouse Royale, contemple Mérenrê une dernière fois. Elle maudit l'assassin. Elle pleure entourée des pleureuses professionnelles[2] qui sanglotent, arrachent leurs cheveux, lancent leurs bras vers le ciel, gémissent, se couvrent de poussière.

— Pourquoi es-tu mort ? Pourquoi ? murmure la reine.

Soudain, les pas lourds des prêtres résonnent au loin, dans le silence de la nuit. Ils marchent en cadence. La forte odeur d'encens, qui pénètre dans les salles et les couloirs du palais, les annonce. Les prêtres arrivent. Ils sont là. Déjà. Crânes rasés et luisants, pagnes blancs, pieds nus, ils viennent chercher le corps de Pharaon pour l'embaumer comme un roi doit l'être. Car dans un pays chaud, comme l'Égypte, il faut aller vite[3].

— Ma reine, murmure Neity sa fidèle servante. Venez, il est temps de partir.

Nitocris soupire, la suit à regret, s'arrête, hésite, revient sur ses pas pour un dernier au revoir et s'éloigne enfin. Cependant, avant de quitter la salle, elle regarde à travers ses larmes les visages des Grands d'Égypte, autour du mort, raides comme des statues,

---

1. **Vizir** : le Premier ministre.
2. **Pleureuses professionnelles** : dans l'Antiquité, femmes qui ont la tâche de manifester, lors de cérémonies de deuil, le chagrin et la douleur.
3. **Il faut aller vite** : la chaleur accélérant la décomposition du cadavre, il ne faut pas tarder à l'embaumer.

● Dans l'Égypte ancienne, les pharaons peuvent épouser leur sœur, tel le dieu Osiris qui épousa sa sœur Isis.

CHAPITRE 3

silencieux. Elle veut découvrir ce qui agite leur cœur. Elle veut connaître leurs pensées, savoir qui est sincèrement triste, qui est indifférent et qui se réjouit en secret de la mort de Pharaon.

La Reine Kawit à sa toilette, *bas-relief du sarcophage de la reine Kawit, (2061-2010 av. J.-C.) — Le Caire, Musée national d'Égypte.*

4

Chagrins

Après avoir vu ce qu'elle voulait voir sur les visages des Grands d'Égypte, la reine Nitocris sort de la salle abandonnant Mérenrê aux prêtres.

Elle ressent un tel chagrin qu'elle ne sait plus où elle est. Une immense fatigue ralentit ses mouvements. Un froid glacial affaiblit son cœur. Une peur affreuse noue sa gorge. De grosses larmes coulent de ses yeux sans qu'elle s'en aperçoive. À petits pas, toute courbée par le malheur, elle regagne ses appartements.

Neity la suit. Silencieuse. Attentive.

Malgré son chagrin, peu à peu, Nitocris sent naître en elle une gigantesque colère, une terrible envie de vengeance.

– En voilà assez de ces rebelles ! Ils saccagent le pays depuis des mois. Les pauvres rêvent de devenir riches. Les puissants rêvent de devenir plus puissants encore. Les nobles rêvent de devenir pharaon. L'ordre du monde voulu par les dieux est bouleversé. Ils ne veulent plus obéir. Ils se révoltent contre les lois. Et maintenant ils vont plus loin encore : ils osent tuer leur roi ! hurle-t-elle tout à coup. Tuer leur roi successeur du divin Horus à tête de faucon* !

● Le dieu Horus, fils d'Osiris et d'Isis, a l'apparence d'un homme à tête de faucon. Il succède à son père. Il est considéré comme le dernier roi-dieu. Après lui, les pharaons seront des humains, les « successeurs » d'Horus.

Chapitre 4

Neity l'écoute. Affolée de voir tant de violence et de rage dans les yeux de sa maîtresse, elle garde le silence.

– Ô dieux de l'Égypte, poursuit la reine, qui sont ces hommes oublieux de vos volontés ? Qui ?... Cependant, je suis sûre que la déesse Maât[1] rétablira la justice et punira les coupables. Elle va les punir, tous. Oui, les punir jusqu'au dernier.

– Majesté, venez vous reposer, gardez votre calme, murmure Neity. Chacun sait que depuis des années, à cause de ces rebelles, l'Égypte connaît famine, bagarres, champs en friche[2] et troupeaux abandonnés...

– Je sais tout cela, coupe sèchement la reine. Ces révoltés et aussi ces Bédouins venus des Terres Rouges[3] cassent, pillent, tuent ne laissant derrière eux que chagrin. Ont-ils assassiné Mérenrê ?

– Je l'ignore, ma reine.

– Crois-moi, Neity, quels que soient leurs noms et l'endroit où ils se cachent, ces meurtriers seront arrêtés et jugés. Je vais agir vite et frapper fort. Je le dois.

– Majesté, prenez d'abord un peu de repos.

– Silence ! Tu me parles sur un ton que je ne peux accepter... Te rebelles-tu, toi aussi ?

– Ma reine !

– Je suis fille du roi Pépi que les dieux laissèrent vivre plus de cent ans sur Terre. N'oublie pas. Je suis la reine, la Grande Épouse Royale et désormais je suis la protectrice de mon demi-frère Néferkarê, ce tout petit enfant, si fragile... Comme ce couloir est long... Je n'en peux plus...

---

1. **Maât** : déesse de la Justice et de la Vérité.
2. **Champs en friche** : champs laissés à l'abandon, non cultivés.
3. **Terres rouges** : le désert.

Nitocris, reine d'Égypte

Le visage d'une effroyable blancheur, les yeux étincelants de colère, Nitocris chancelle, trébuche. Elle s'accroche au bras de Neity pour ne pas tomber.

— Le sol tremble. Les murs bougent. La chaleur m'étouffe et ce bruit… Oh ! Ma tête, gémit-elle.

— Majesté, voici vos appartements. Encore quelques pas et vous pourrez vous allonger.

À peine arrivée dans la chambre royale, Nitocris s'effondre sur son lit, brisée de chagrin, à demi évanouie. Neity glisse sous la nuque de sa reine un appui-tête d'ivoire ciselé et un coussin.

— Je vous apporte, au plus vite, de l'eau fraîche et de l'onguent-qui-rappelle-les-esprits. Cette crème merveilleuse vous redonnera des forces, ma reine, dit-elle en quittant la chambre.

Mais Nitocris ne l'entend pas. Elle dort déjà.

Sans perdre un instant, une jarre vide à la main, la jeune servante court dans les couloirs du palais espérant, au fond de son cœur, rencontrer Horkouf, le fidèle serviteur du roi, celui qui connaît bien des choses, mais ne dit jamais rien. Elle veut le voir pour apprendre tout ce qu'il sait sur la mort du roi.

— C'est mon jour de chance, se réjouit-elle quelques minutes plus tard en l'apercevant l'œil noir, songeur, adossé au mur de la cuisine d'une cour du palais.

— Alors ? lui dit-elle sa jarre vide posée sur sa tête.

— Alors, quoi ? Que veux-tu, Neity ? bougonne l'homme à la cicatrice.

— Juste bavarder avec toi.

— Ah !

— Notre reine s'est endormie et…

— Elle dort. Tant mieux. Mais, dis-moi, je l'ai vue beaucoup pleurer.

Chapitre 4

A-t-elle vraiment du chagrin ou juste peur qu'on ne la tue aussi ?
– Un peu des deux, reconnaît la jeune servante, et je la comprends. Si on tue le roi pourquoi ne pas tuer la reine ?
– Évidemment.
– Pourtant, je suis sûre qu'elle a beaucoup de chagrin et plus encore de courage. Je suis venue chercher de l'eau fraîche et de l'onguent-qui-rappelle-les-esprits pour elle... Mais raconte-moi, as-tu vu l'assassin du roi dans les fourrés ? Qui est-ce ?
– ...
– Tu peux me le dire. Je sais garder les secrets.
– C'est vrai, tu sais te taire, reconnaît Horkouf. D'ailleurs Nitocris ne garderait pas une bavarde près d'elle. Qui veut servir les Grands doit savoir tenir sa langue.
– Alors, qui est-ce ? Ce meurtrier a-t-il tué par vengeance ou pour devenir pharaon ? Son nom... Parle enfin.
– ...
– Pourquoi ne me réponds-tu pas ?
– Je ne dis rien car je n'ai rien entendu, rien vu, mis à part quelques craquements et des papyrus bougeant bizarrement.
– Vrai ?
– Vrai. Je n'ai rien vu. Rien du tout. Quant à deviner pourquoi on l'a tué et qui sera notre nouveau pharaon, je l'ignore.
– Mérenrê n'a pas de fils, donc pas d'héritier, songe Neity.
– Il y a son demi-frère Néferkarê, notre petit prince, le dernier fils du bon roi Pépi● et Nitocris notre reine...
– Assez bavardé. Je suis pressée vois-tu et, puisque tu ne sais rien ou ne veux rien me dire, ce qui est pareil, je file... De toute façon, je dois retourner près de ma reine.

● Le pharaon Pépi II qui, monté sur le trône à dix ans, régna environ de 2241 à 2148 av. J.-C., soit plus de quatre-vingt-dix ans ! Rappelons qu'il est le père de Nitocris et de Mérenrê.

5

RÉAGIR SANS ATTENDRE

🜋

Rê, le dieu Soleil à tête de faucon●, s'est levé ce matin, comme tous les matins depuis le *Jour de la Première Fois*, le jour lointain où il créa le monde.

Quel soulagement pour tous les Égyptiens que de voir le brûlant soleil d'Égypte monter dans le ciel ! Rouge à l'aube, il est maintenant d'un étincelant jaune d'or. Il surchauffe l'air. Il dessèche les terres. Il épuise les hommes et les bêtes. Il fait horriblement chaud, mais personne ne se plaint, trop heureux de le revoir.

Rê n'a pas puni les hommes en les laissant dans l'obscurité.

Rê ne les a pas privés de sa belle lumière.

Pendant ce temps, la reine Nitocris, qui a peu dormi et beaucoup pleuré, ne s'accorde plus un instant de repos. Maintenant elle veut agir. Agir vite. Assise sur un tabouret de bois et de corde tressée, armée d'un couteau à lame de silex, Nitocris se coupe quelques mèches de cheveux en signe de deuil, comme le veut la coutume.

– Le monde entier pleure Mérenrê. Quel épouvantable malheur ! murmure-t-elle en choisissant tristement un collier d'or dans son

● Rê, le dieu-soleil, est représenté :
avec une tête de faucon.

Chapitre 5

coffret de bois. Neity ! Neity ! Vite, apporte-moi une robe et aussi de cet onguent qui éloigne la migraine.

– Oui, ma reine, répond docilement sa servante.

– Puis va à la recherche d'Horkouf qui doit être quelque part dans le palais. Trouve-le. Il a ma confiance puisqu'il avait celle de Mérenrê. Je veux qu'il aille immédiatement chez le Serviteur des Couronnes et que celui-ci m'apporte la Double Couronne d'Égypte.

– La Double Couronne, Majesté !

– Qu'il l'apporte ici même.

– Oui, ma reine.

– Ceci fait qu'Horkouf transmette mes ordres au Chef des Architectes et au Vizir : je les veux tous deux dans la Salle du Trône. Qu'ils m'attendent. Je les y retrouverai dans quelques instants.

– Majesté, ne serait-il pas plus sage de vous reposer encore un peu ? suggère Neity en remarquant la blancheur inhabituelle du visage de sa reine.

– Non ! Et tu sais très bien pourquoi. Ne m'as-tu pas rappelé hier que les champs n'étaient plus labourés, que la famine faisait des ravages, que les Bédouins menaçaient le pays ? Ces maudits habitants du désert, ces horribles étrangers sont toujours prêts à venir piller, voler nos richesses... Oublies-tu que les Grands d'Égypte ne savent plus qui est le roi et à qui ils doivent obéir ? Il est grand temps de le leur rappeler. Ma robe, Neity, et mes bracelets ! Non, pas ceux-là. Que tu es lente ce matin. Voyons. Dépêche-toi. As-tu trouvé l'onguent ?

Silencieuse, Neity obéit. Elle va, elle vient, elle repart, elle virevolte sur ses pieds nus. Elle exécute docilement les moindres désirs de sa reine : la robe, les bijoux. Maintenant, du bout de ses

Nitocris, reine d'Égypte

doigts fins, elle masse les tempes de Nitocris avec la crème aussi précieuse qu'efficace contre les maux de tête.

– Voilà qui est bien, reconnaît Nitocris qui d'habitude ne se met pas si facilement en colère. Va chercher Horkouf, transmets-lui mes ordres et reviens.

Patiente, déterminée, assise dans son fauteuil d'ébène[1], les yeux dans le vague, regardant sans les voir les arbres du jardin par la fenêtre, la reine attend. Elle ne rêve pas. Bien au contraire, elle met au point jusque dans ses moindres détails ce qu'elle doit faire aujourd'hui.

Elle ne voit pas le temps passer. Elle n'entend pas Neity qui, revenue auprès d'elle, l'évente doucement. De grands coups d'éventail en plumes d'autruche qui brassent un air brûlant.

---

1. **Ébène** : bois sombre, presque noir.

6

Premières décisions

༝

Des bruits de pas retentissent dans le couloir menant aux appartements de la reine et s'arrêtent juste devant la chambre royale.

Perdue dans ses pensées, Nitocris ne bouge pas. Neity qui les[1] a entendus pose l'éventail contre le mur et se précipite vers la porte. Elle l'entrebâille avec méfiance puis, reconnaissant Horkouf, l'ouvre toute grande.

– Que l'on vienne ainsi dans l'appartement de la reine m'agace, marmonne-t-elle entre ses dents. Je n'aime pas ça. Quelle curieuse idée de faire venir ces gens ici, mais depuis la mort de Pharaon, tout est bizarre. Tout va de travers.

Malgré son regard réprobateur[2] et sans comprendre un mot de ce que grogne la jeune femme, le Serviteur des Couronnes entre dans la pièce. Deux hommes chargés d'un lourd coffre d'ébène incrusté d'ivoire le suivent. Impressionnés, ils se dirigent tous trois vers Nitocris toujours immobile, assise dans son fauteuil. À distance respectueuse, ils s'arrêtent, s'inclinent profondément devant elle, s'agenouillent, se prosternent. Leur front touche le sol. Ils ne bougent plus.

---

1. **Neity qui les a entendus** : il s'agit des bruits de pas évoqués plus haut.
2. **Réprobateur** : qui exprime le reproche.

Nitocris, reine d'Égypte

— Levez-vous, ordonne la reine d'une voix ferme. Ouvrez le coffre et apportez-moi la couronne.

— La couronne ? Majesté, comment●..., ose balbutier le Serviteur des Couronnes. La couronne royale ?

— J'ai l'habitude d'être obéie, coupe sèchement Nitocris.

Son crâne rasé luisant de sueur, les mains moites, il ouvre précautionneusement le coffre en récitant des hymnes et des prières. Le lourd couvercle grince et la superbe couronne rouge et blanche, la couronne d'Égypte, apparaît dans toute sa splendeur.

— Approche ! insiste la reine.

Le Serviteur des Couronnes tremble de peur. Lui, le responsable du culte des couronnes royales, sait mieux que personne que les couronnes ont une puissance extraordinaire, une force fabuleuse.

Ne sont-elles pas divines ?

Ne sont-elles pas le cadeau d'Horus, le dernier des dieux qui régna sur Terre dans les temps anciens ?

Que diront les dieux et les déesses si Nitocris les touche ? L'accepteront-ils ? L'homme craint la fureur divine, mais plus encore la colère de sa reine. Il lui doit obéissance.

— Allons, approche et apporte-la, répète doucement Nitocris soucieuse comme lui car elle connaît le pouvoir magique des couronnes.

Murmurant des prières et des hymnes religieux pour éloigner le courroux des dieux, le Serviteur des Couronnes obéit à contrecœur.

Il pose le coffre précieux sur une table basse, juste devant la reine.

● Le serviteur se permet cette hésitation car, n'oublions pas, il n'y a jamais eu de femme pharaon jusque-là.

CHAPITRE 6

Il n'ose pas regarder le cobra royal d'or, de turquoise et de lapis-lazuli[1], l'uræus●, qui resplendit au front de la couronne.

Il s'efforce désespérément de ne pas trembler car il sait que ce serpent n'est pas un simple bijou, mais une déesse dangereuse qui crache du feu sur les ennemis des rois pour les détruire.

– L'uræus va-t-il dilater sa gorge ? songe-t-il avec angoisse. Va-t-il nous tuer ? Tous ?

Il l'ignore. Pour l'instant, par bonheur, le divin cobra d'or ne bouge pas. Il ne dilate pas sa gorge et ne crache pas son feu brûlant.

Le Serviteur des Couronnes retient son souffle tandis que, pensant à Mérenrê, au royaume d'Égypte et aux rebelles qui le menace, la courageuse Nitocris sort délicatement la Double Couronne de son coffre. Elle la pose sur ses longs cheveux noirs et l'ajuste dans un silence impressionnant.

Le divin cobra d'or ne bouge pas, ne dilate pas sa gorge et ne crache pas son feu brûlant.

Grave et souriante, la reine remercie alors les dieux tandis que le Serviteur des Couronnes, ses aides, Neity et Horkouf se prosternent devant elle, leur pharaonne aimée des dieux. Il y a quelques instants, ils croyaient tous mourir. Maintenant les voilà rassurés.

Dans le secret de son palais, Nitocris a fait ce que personne n'a osé faire jusqu'à ce jour : se couronner elle-même.

– Je suis désormais reine d'Égypte, Pharaonne, déclare-t-elle.

---

1. Lapiz-lazuli : pierre précieuse bleu sombre.

● L'uræus, cobra dressé ornant la coiffure des pharaons ou des dieux et les frises des temples, représente l'œil de Rê, le dieu Soleil, et la déesse serpent Ouadjet. Si nécessaire, il crache un venin brûlant et destructeur sur tout ennemi menaçant le pharaon ou la divinité.

7

La Pharaonne et le Vizir

Longue robe de lin bruissant doucement. Bijoux resplendissants. Visage serein. Portant la Double Couronne avec une aisance étonnante, Nitocris, dont le nom antique *Neithikerty* signifie « La-déesse-Neith●-est-merveilleuse », se dirige d'un pas décidé vers la Salle du Trône.

Et merveilleuse, elle l'est.

Malgré ses yeux rougis par les larmes de la nuit, elle est divinement belle. Belle comme toujours avec sa jeunesse, vingt ans à peine, ses gestes gracieux, sa peau claire et sa taille fine que bien des nobles Égyptiennes lui envient.

Sur son passage, les rares serviteurs et servantes rencontrés s'inclinent, impressionnés par leur reine coiffée de la Double Couronne et par la dizaine de gardes qui l'accompagnent, inquiets, l'œil mauvais, la lance à la main.

Après un trajet qui leur semble bien long, les gardes ouvrent puis ferment derrière Nitocris les lourdes portes de la Salle du Trône avant d'en interdire l'entrée.

● Neith est la très ancienne et très puissante déesse du nord de l'Égypte. Elle est la Dame de la Vie Universelle et protège les viscères des morts, dit-on, celle qui tue les ennemis de Rê, d'Osiris et du roi de ses flèches.

Chapitre 7

Sans un regard pour le Chef des Architectes et le Vizir qui se prosternent devant elle, et restent immobiles, Nitocris s'assied sur le trône d'or, le trône d'Égypte. Elle observe ces deux hommes qu'elle connaît depuis son enfance.

– Comment savoir ce qu'ils pensent vraiment ? se dit-elle. Me suivront-ils ? Me seront-ils fidèles ?

Elle l'ignore, mais elle n'a pas le choix. Elle doit risquer le tout pour le tout[1] et leur faire confiance.

Le front toujours au sol, le Chef des Architectes et le Vizir ne bougent pas puisqu'elle ne les a pas autorisés à se relever. Cachant au mieux leur surprise de la voir avec la Double Couronne, ils réfléchissent vite et arrivent tous deux à la même conclusion :

« Si les dieux ont permis qu'il en soit ainsi, si l'uræus d'or, de turquoise et de lapis-lazuli n'a pas craché son feu brûlant, Nitocris est désormais l'Aimée des Dieux, notre pharaonne, notre puissante souveraine d'Égypte. Obéissons. »

Au loin, dans les jardins du palais, la vie continue. Les oiseaux chantent. Des chats se battent. Un jardinier chantonne. Un vent chaud agite les palmiers, les figuiers et les acacias.

– Relevez-vous et écoutez-moi, ordonne enfin la reine dont la voix résonne dans la salle aux colonnes semblables à des papyrus de pierre.

Le Chef des Architectes et le Vizir se redressent, mais gardent le silence. Ils ne peuvent parler sans y avoir été invités.

– Vizir, j'exige que tu retrouves au plus vite l'infâme assassin du roi ! commence la reine, les doigts crispés sur les accoudoirs du trône.

---

1. **Risquer le tout pour le tout** : expression signifiant « risquer de tout perdre pour pouvoir tout gagner ».

Nitocris, reine d'Égypte

— Céleste Maîtresse du Monde, mes meilleurs hommes le recherchent déjà. Cependant, l'affaire est difficile.

— Une affaire facile serait indigne de toi. N'es-tu pas le meilleur des vizirs ?

— Majesté, Horkouf, le seul témoin du crime, n'a rien vu... Vos soldats fouillent les marécages depuis l'aube, espérant que l'assassin s'y cache encore. Si ces recherches ne donnent rien, j'interrogerai moi-même, l'un après l'autre, avec tact[1], les nobles qui accompagnaient Pharaon à la chasse. Quant à leurs serviteurs, mes hommes les questionnent déjà et ils savent distribuer les coups de bâton qui délient les langues.

— Cela n'a-t-il rien donné ?

— Pour le moment rien, ma reine. Les pêcheurs et les bergers qui vivent dans les marais sont également interrogés.

— Dispense-moi des détails, je veux l'assassin de Mérenrê. C'est tout.

— Majesté, si le coupable, simple hypothèse*, était un des Grands du royaume, un prince ou un général, propose doucement le Vizir... Dans ce cas, il serait difficile de punir.

— Je VEUX l'assassin de Mérenrê ! Je VEUX que justice soit faite ! répète Nitocris.

— Ô Aimée des Dieux, il faut agir avec précaution. Les Grands du royaume, depuis la fin du règne de Pépi, sont terriblement puissants...

— Certains ont profité de la faiblesse de son grand âge, précise sèchement Nitocris. Ils rêvent de prendre le pouvoir, de devenir le nouveau pharaon.

---

1. **Tact** : fait de s'adresser à quelqu'un en faisant attention à ne pas le blesser ou le vexer. Le Vizir interrogera les nobles en prenant garde à ne pas éveiller leurs soupçons, à ne pas leur montrer qu'ils sont des suspects.

● Le Vizir prend des précautions en expliquant que la culpabilité d'un Grand du royaume n'est pour le moment qu'une supposition, car une telle accusation est grave.

Chapitre 7

— Oui, ma reine, telle est la situation, approuve le Vizir au cœur pur qui, depuis des années, reste fidèle au roi, donc fidèle aux dieux de l'Égypte sans qui le monde n'existerait plus.

— En un an de règne, Mérenrê n'a pas eu le temps de reprendre le pays en main, poursuit la reine. Maintenant, je vais rétablir l'ordre et il leur faudra m'obéir. Vizir, si tu fais ce que je te demande, si tu trouves l'assassin, je te récompenserai généreusement.

— Ô ma reine Douée de Vie à Jamais, je mettrai la main sur le coupable, promet le Vizir heureux d'entendre parler de récompense. Ô ma reine Aimée des Dieux, vous qui portez la Double Couronne, vous qui régnez sur le royaume●, vous qui...

— Tais-toi Vizir et agis. Plus vite l'assassin sera châtié, mieux ce sera. Va et reviens ici demain avec le Chef des Greniers et le Chef des Secrets.

— À vos ordres, répond le Vizir qui lit dans les beaux yeux noirs de sa reine une détermination sans faille, une volonté de fer, un courage exceptionnel.

Il y retrouve avec bonheur la force qu'il admirait dans les yeux du roi Pépi du temps de sa jeunesse. Il espère, qu'avec elle, le calme et la beauté d'autrefois renaîtront en Égypte.

— Prépare l'enterrement de Mérenrê, poursuit Nitocris. Tu sais ce qu'il convient de faire. Prépare aussi la cérémonie de mon couronnement. Que cette fête se déroule selon la coutume. Qu'elle prouve au pays tout entier que je règne par la volonté des dieux !

— Majesté, tout sera fait comme vous l'ordonnez.

● Rien n'empêche une femme d'être pharaon. Nitocris sera la première femme à régner sur l'Égypte.

Nitocris, reine d'Égypte

Décidé à la servir en toutes circonstances, avec dévouement, comme il le fit pour Pépi et Mérenrê, le Vizir s'agenouille, se prosterne. Son pagne de lin se tend sur son bon gros ventre. Ses bracelets d'or étincellent à ses bras. Sa perruque[1] glisse légèrement. Il se retire à reculons, pressé et heureux de satisfaire sa reine.

Pour calmer son inquiétude, car il est d'un naturel angoissé, il lance un bref coup d'œil sur Nitocris avant de quitter la Salle du Trône. Il voit, une fois encore, le serpent uræus étincelant sur le devant de la couronne royale, calme et puissant. Le Vizir est rassuré : les dieux et les déesses d'Égypte acceptent la pharaonne.

---

1. **Perruque** : parure des hommes et des femmes de haute condition dans l'Égypte de l'Antiquité. Elle était faite de cheveux véritables, ou de crins, et protégeait le crâne, souvent rasé pour les hommes.

8

LA PYRAMIDE INACHEVÉE

༶

Les portes de la Salle du Trône à peine refermées derrière le Vizir, Nitocris qui ne ressent ni la fatigue, ni la soif, ni la faim, regarde le Chef des Architectes droit dans les yeux.

– Approche, lui dit-elle en souriant. Je connais ton talent et je l'apprécie. Je sais également que, sous la direction du Vizir qui est, bien sûr, le Directeur-de-tous-les-travaux-du-roi, tu construis la pyramide[1] voulue par Mérenrê dans le désert.

– Oui, Majesté, répond doucement le petit homme aux cheveux rares et au beau sourire chaleureux. J'ai cet honneur.

– Où en sont les travaux ? Sois précis.

– Maîtresse du Monde, le sol a été nivelé[2], la chambre funéraire creusée et les premières pierres de la pyramide posées... Pourtant, si les murs du temple au pied de la pyramide sont presque achevés, ceux du temple de la vallée, ont à peine la hauteur d'un homme et...

– Voilà qui est inquiétant car l'enterrement de Mérenrê aura lieu dans quelques semaines.

---

1. **Pyramide** : tombe gigantesque bâtie pour les pharaons de l'Ancien Empire (environ 2700-2100 av. J.-C.).
2. **Nivelé** : rendu horizontal.

Nitocris, reine d'Égypte

– Entre les deux temples, le chemin est dallé, précise le Chef des Architectes, ce qui permet de tirer rapidement les pierres arrivées par bateau près du temple de la vallée. Mais hélas, Majesté, nul ne pouvait... imaginer que... notre pharaon mourrait... si jeune... si vite... et...

Brusquement devenu pâle comme une momie, le petit homme se trouble, bafouille.

– Poursuis, donc ! s'énerve la reine.

– Et... je dois... vous avouer... Céleste Maîtresse du Monde, que... la pyramide de Mérenrê est loin d'être achevée... Je prévoyais encore plusieurs années de travail.

– Que dis-tu ? Non, elle DOIT être finie pour l'enterrement royal.

– ...

– Écoute, tu auras autant d'ouvriers et de soldats qu'il te faudra, promet Nitocris. J'y veillerai personnellement, mais agis vite.

– Majesté, même avec des milliers d'hommes, il est impossible de l'achever en quelques semaines.

– Impossible ? Que proposes-tu alors ?

– Je connais tout près de là, dans le désert, une tombe vide plus modeste certes, mais très belle. Les Textes des Pyramides[1] y sont déjà gravés et les plafonds peints. Si Votre Majesté m'en donne les moyens, il me faudra peu de temps pour achever les travaux. En modifiant deux ou trois petites choses, cette tombe sera digne de notre roi Mérenrê.

---

1. **Textes des Pyramides** : textes religieux au pouvoir magique gravés en beaux hiéroglyphes sur les murs intérieurs des tombes des derniers pharaons de l'Ancien Empire.

● L'architecte ne trouve rien à répondre car le travail demandé paraît irréalisable. La pyramide était construite du vivant du pharaon, pour être prête le jour de sa mort.

Chapitre 8

45 — Chef des Architectes, je te fais confiance. Vois ce qui est le mieux, dresse tes plans et apporte-moi ton projet au plus vite. Le temps nous est compté.

Pressé d'obéir, le petit homme aux cheveux rares a perdu son beau sourire. Soucieux car il ignore comment mener à bien ce
50 projet précipité, il s'incline devant sa reine, trébuche en se relevant et se retire à reculons. Il a chaud. Il a froid. Il sue à grosses gouttes, mais la sueur se glace sur son dos malgré la chaleur du jour.

Bientôt, les portes de la Salle du Trône se referment derrière lui en un claquement sec.

55 Dans le silence de la pièce, minuscule au pied des gigantesques colonnes semblables à des papyrus de pierre[1], Nitocris est seule. Une immense fatigue la submerge.

— La Double Couronne est si lourde et le trône d'Égypte si inconfortable, murmure-t-elle en fermant les yeux, et je me sens lasse[2].
60 Non. En fait, je suis affreusement triste. Pourtant les dieux sont avec moi et ces deux hommes me seront fidèles. Je le devine au timbre de leur voix, à l'éclair de leur sourire…

Bercée par le chant des oiseaux des jardins royaux, elle rêve à Mérenrê, son bel amour. Il était là, près d'elle, il y a si peu de temps
65 et ces jours de bonheur lui semblent déjà bien loin.

---

1. Papyrus : les tiges de papyrus atteignaient jusqu'à six mètres de hauteur et étaient surmontées de fines ombelles. C'est pourquoi les colonnes du palais, sur lesquelles sont gravés des hiéroglyphes, sont comparées à des « papyrus de pierre ».
2. Lasse : fatiguée.

9

UNE MOMIE ET UNE TOMBE

Allongé sur une table immense, le corps de Mérenrê repose dans la Maison de Purification du temple, en bordure du désert. Autour de lui, pieds nus, crânes rasés, les prêtres vont et viennent. Les vapeurs d'encens qui s'échappent de leurs encensoirs purifient l'air de la salle. À travers ces fumées parfumées, ils observent les blessures de leur pharaon, ses plaies rouges de sang coagulé[1].

Ils ont vu bien des morts, mais un roi assassiné, jamais !

Son long pagne battant ses talons, l'un d'eux, l'élégant prêtre-maître-des-cérémonies, s'approche de Mérenrê à grands pas. Un collier d'or brille à son cou, des bracelets à ses bras.

Le prêtre-chirurgien et le prêtre-lecteur le suivent de près. Le premier, à la carrure d'athlète, ouvrira le cadavre. Le second, petit et rond, récitera d'interminables formules religieuses sans s'arrêter, sans jamais se tromper.

Puis viennent les prêtres spécialisés. Il y a les préparateurs-d'onguents, les rouleurs-de-bandelettes, les laveurs-d'entrailles...

Le prêtre-maître-des-cérémonies chasse les mouches agglutinées sur le cadavre tandis que le prêtre-chirurgien bougonne en préparant ses instruments. Les préparateurs-d'onguents vérifient

---

1. **Coagulé** : se dit d'un liquide qui, en séchant, s'épaissit.

Chapitre 9

leurs pots, les rouleurs-de-bandelettes leurs étoffes, les laveurs-d'entrailles leurs vases...

Enfin, tout est prêt. La momification● de Mérenrê commence !
– Ô Pharaon ! Pour toi les dieux ont...

Tandis que le prêtre-lecteur récite les premières prières, le prêtre-chirurgien ouvre le ventre du mort à l'aide d'un couteau de silex. Un geste habile, rapide, efficace. Déjà ses mains plongent, fouillent, farfouillent et sortent, avec précaution : le foie, les poumons, l'estomac et les intestins du roi. Le cœur et les reins, organes difficilement accessibles, restent en place.

– Prêtres-laveurs-d'entrailles ! crie-t-il les mains rouges de sang. Prenez ces viscères, enroulez-les dans vos bandes de lin et placez-les dans les vases avec du sel de natron[1]. Faites vite !

– Comment ça... faites vite ! N'as-tu plus confiance ? s'énerve l'un d'eux. Oublies-tu que je momifie des morts depuis des années ? Je n'ai que faire de tes conseils et, mieux que personne, je sais mêler les parfums les plus doux au sel avant de fermer les vases.

Quelques heures plus tard, après avoir nettoyé et parfumé l'intérieur du cadavre, le prêtre-chirurgien le bourre d'étoffes de lin imbibées de résine afin qu'il retrouve un bel aspect avant de refermer la plaie.

Déjà, le soleil se couche derrière le désert de l'Ouest. L'ombre grandit dans la Maison de Purification. La faible lumière des lampes à huile ne permet pas aux prêtres de continuer leur travail.

– Assez pour aujourd'hui ! ordonne le prêtre-maître-des-cérémonies.

---

1. **Sel de natron** : sel trouvé dans une oasis au nord de l'Égypte qui permet de dessécher le corps, après avoir ôté les viscères, pour éviter qu'il ne pourrisse.

● À l'Ancien Empire, la technique de momification est encore assez simple, mais déjà très efficace.

Nitocris, reine d'Égypte

Dès l'aube du lendemain, le prêtre lecteur reprend la récitation des prières tandis que ses compagnons enduisent le corps de Mérenrê de cire d'abeille, d'huile d'oliban[1] et autres onguents crémeux et parfumés.

– Pour toi, ô Mérenrê est l'oliban qui rend meilleure ton odeur et en fait l'odeur d'un dieu, dit-il.

Et la momification continue. Tous ces prêtres agissent exactement selon le rituel. Comme toujours, leurs gestes sont précis et doux, chacun sait exactement ce qu'il doit faire et quand il doit agir.

– Que l'huile procure à ta bouche la vie et à ton œil la vision ! Que l'huile donne à tes oreilles le pouvoir d'entendre ce que tu aimes. Qu'elle donne à ton nez le pouvoir de respirer...

Bien plus tard, les prêtres-préparateurs-d'onguents laissent la place aux prêtres-rouleurs-de-bandelettes qui, avec une infinie patience, emmaillotent[2] Pharaon. Ils commencent par ses doigts et ses orteils, continuent par ses mains et ses pieds, puis son corps tout entier. Sous les bandelettes, ils placent des amulettes[3] d'or, de cornaline[4] ou de turquoise, ravissants bijoux qui protégeront Mérenrê des dangers de l'au-delà.

Les jours passent vite et déjà ils l'enveloppent dans un immense tissu maintenu par quelques tours de bandelettes. Chaleur, mouches, vapeurs d'encens, prières, voilà la momification terminée. Les prêtres-porteurs placent alors la momie royale dans le sarcophage de bois peint apporté la veille par les menuisiers. Tout est prêt pour l'enterrement !

---

1. **Oliban** : résine nommée aussi « encens ».
2. **Emmailloter** : envelopper complètement dans un tissu une personne ou une partie de son corps.
3. **Amulette** : objet, souvent un bijou, destiné à préserver de tout mal la personne qui le porte.
4. **Cornaline** : pierre semi-précieuse de couleur rouge foncé.

Chapitre 10

par des masques représentant les dieux Horus à tête de faucon et Seth aux oreilles carrées●. Ils ont affreusement chaud. La sueur inonde leur visage, brouille leurs yeux, mais qu'importe, l'instant est important. Par leur intermédiaire, Horus et Seth lui remettent solennellement les couronnes de Haute et de Basse-Égypte.

Peu à peu, par la volonté des dieux, par la magie de ces rituels et par le pouvoir des mots prononcés, Nitocris devient à la fois Horus le faucon, fille des dieux, déesse elle-même, pharaonne d'Égypte ! Elle n'a plus l'impression de vivre sur Terre, mais de flotter dans un monde merveilleux, entre Memphis et le pays des dieux.

Les cérémonies succédant aux cérémonies, la jeune reine ne rêve pas longtemps car elle doit maintenant participer à la course autour du « mur », un mur très spécial. Nullement gênée par les centaines de regards qui épient ses moindres gestes, la voilà qui s'élance. Seule. Elle court comme la gazelle du désert, fait le tour du mur. Rapide, puissante, énergique. Elle prouve ainsi qu'elle saura protéger son royaume de tous les dangers. La course finie, les dieux choisissent pour elle ses noms de reine et ses titres que Thot, le dieu savant à tête d'ibis●, inscrit aussitôt sur les feuilles de l'Arbre Sacré d'Héliopolis.

– Réjouis-toi, pays entier, les temps heureux sont arrivés ! dit le dieu par la voix des prêtres. La justice a chassé l'injustice. L'ordre du monde est rétabli. Nous avons un nouveau pharaon.

Le silence revenu, les Grands du royaume acclament leur Pharaonne. Ils rivalisent d'amabilités.

● Seth est le dieu des Déserts, du Tonnerre et des Forces violentes, représenté avec une tête au museau long et busqué, et des oreilles carrées. Frère d'Osiris, il le tua afin de lui prendre le trône. Mais Horus, fils d'Osiris, finira par le vaincre et succèdera à son père.

● Thot, représenté avec une tête d'ibis ou sous forme de babouin, est le dieu de la Lune, de l'Écriture et des Sciences. Scribe des dieux, il est le patron de tous les scribes égyptiens.

Nitocris, reine d'Égypte

– Que Sa Majesté vive éternellement ! Vie, santé et force !

– Son œil est plus clair que les étoiles du ciel... et sa vue meilleure que celle du soleil !

Nitocris écoute leurs compliments. Ils parlent suffisamment fort pour qu'elle les entendent tous. Mais elle n'est pas dupe. Elle remarque, chez certains, une flamme mauvaise, un peu moqueuse, parfois cruelle au fond de leurs yeux.

– Comme ils me détestent et cachent mal leur haine ! constate-t-elle en frissonnant. L'assassin de Mérenrê est peut-être parmi eux. Dans ce cas, ma vie sera brève à moins que...

– Majesté, murmure un prêtre, ce n'est pas le moment de rêver... Faites ces dernières offrandes aux dieux.

Nitocris sursaute et se reprend aussitôt. Armée d'une faucille d'or, elle coupe une gerbe d'épeautre[1], la pose devant les statues divines, se prosterne, recule à petits pas, brûle de l'encens une nouvelle fois. Autour d'elle, les prêtres récitent des prières, font tinter leurs sistres[2].

Enfin, les cérémonies achevées, Nitocris, première pharaonne d'Égypte, regagne son palais.

---

1. **Épeautre** : sorte de blé.
2. **Sistre** : petit instrument de musique.

11

EN ROUTE VERS LE CIMETIÈRE

Dès le lendemain, levée de bonne heure, la jeune pharaonne part pour le cimetière de Saqqara. Elle veut déposer des offrandes dans la tombe de son cher Mérenrê qu'elle ne peut oublier.

Et comment le pourrait-elle ? Nuit et jour, elle sent sa présence au fond de son cœur. Elle lui parle dans ses rêves. Elle l'attend. En fait, elle ne parvient pas à croire à sa mort.

« Est-il simplement parti faire la guerre sur des terres lointaines ? espère-t-elle. Navigue-t-il vers le Sud, doucement porté par les eaux du Nil, à moins qu'il ne chasse dans le désert le lion ou la gazelle ? Sera-t-il de retour ce soir ou demain ? Hélas, hélas ! Je t'ai vu mort, mon Mérenrê... et tu as rejoint le royaume d'Osiris. »

Profitant de la fraîcheur de l'aube, Nitocris s'installe dans la chaise à porteurs qui l'attend à la porte du palais. Elle s'y assied le mieux possible, cale dans son dos un épais coussin et replie ses jambes. Elle regarde sans les voir les hommes qui la soulèvent et posent sur leurs épaules les épaisses barres de bois soutenant sa chaise de bois précieux rehaussé d'or.

La voilà qui sort des jardins royaux. La porte à peine franchie, assis dans une chaise élégante mais moins luxueuse, le Vizir la rejoint. En quelques ordres, il organise le cortège : porteurs d'éventails ou de parasols pour protéger Sa Majesté de la chaleur, soldats

Nitocris, reine d'Égypte

prêts à combattre et nombreux serviteurs chargés d'offrandes. Ces derniers portent des pains, des gâteaux, des fruits, des légumes, de gigantesques bouquets de fleurs et d'énormes jarres de vin ou de bière, tout est pour Mérenrê.

Pieds nus dans la poussière du chemin, ces hommes avancent attentifs, silencieux. Marchant à pas lents, évitant trous et cailloux, ils sortent de Memphis.

Ce cortège, qui traverse la campagne, étonne ceux qui l'aperçoivent. Les uns s'amusent, les autres s'émerveillent, d'autres encore s'inquiètent à la vue des soldats si bien armés. Les paysans cessent d'irriguer leurs champs, d'arracher les mauvaises herbes ou de charger leurs ânes. Les paysannes s'immobilisent, une jarre d'eau sur la tête, un bébé dans les bras. Quant aux enfants, ils rient en voyant leur reine si mal assise sur sa chaise à porteurs étincelante d'or. Ils envient le Vizir au bon gros ventre qui déborde de son pagne et tressaille à chaque pas, car ceux qui ont un si beau ventre mangent à leur faim.

Mais, personne n'entend les reproches que Nitocris fait au Vizir, ni ne voit la colère de ses yeux.

– Vizir ! gronde-t-elle. Qu'attends-tu pour arrêter l'assassin de Mérenrê ?

– Majesté, l'affaire est délicate. Mes hommes ont fait parler certains serviteurs et les coupables, semble-t-il, sont des personnes haut placées, très haut placées...

– Parle clair, Vizir ! Je ne comprends rien à ce que tu me dis.

– Ma reine, par prudence, gardons le silence. En ces temps troublés, les nomarques[1], qui se comportent comme de petits rois indépendants, riches et puissants, n'obéissent plus aux ordres

---

1. **Nomarques** : responsables des nomes, les provinces d'Égypte.

CHAPITRE 11

venus du palais. Ils laissent la situation s'aggraver pour mieux en profiter... Ils veulent devenir de plus en plus forts rêvant de devenir LE pharaon. Autour d'eux de pauvres Égyptiens affamés tuent pour avoir du pain. Ils assassineraient leur propre père, si nécessaire... C'est une révolte, une guerre entre Égyptiens !

– Je sais tout cela et c'est inadmissible ! tonne Nitocris. Je vais prendre les mesures adéquates pour rétablir l'ordre. Mais, dis-moi : qui a assassiné Mérenrê ? J'exige une réponse.

– Majesté, dit le Vizir en tremblant car ce qu'il a à dire le terrifie. La liste des meurtriers est longue. Peu ont tiré les flèches, mais ils sont nombreux à avoir souhaité et préparé la mort du roi. Ô ma reine Aimée des Dieux ! Ce sont des hommes puissants...

– Qu'importe. Qui est-ce ? As-tu peur ?

– Oui, je l'avoue : j'ai peur Majesté. Je vous donnerai leurs noms et les preuves de leur crime dans le plus grand secret, loin des serviteurs qui nous accompagnent...

12

Des offrandes pour Mérenrê

Le soleil est haut dans le ciel quand le cortège arrive devant la tombe de Mérenrê.

Avec douceur, les porteurs posent à terre les chaises et leurs nobles passagers tandis que les soldats, sur le qui-vive, la lance à la main, surveillent les alentours.

« Un nouvel assassinat est possible, a prévenu le Vizir. Un meurtrier se cache, peut-être, derrière un mur ou habillé en prêtre. Prenez garde ! »

Heureusement, tout est calme. Au loin, quelques ouvriers achèvent une tombe. Des prêtres au crâne rasé vont et viennent. Une femme en larmes passe près d'eux, les bras chargés d'offrandes. Les chiens du désert, ces beaux chiens au poil fauve et aux crocs redoutables, somnolent en plein soleil. Toutes griffes dehors, deux chats se battent sur un muret.

Attentive à tous ces bruits, la reine sait que sa vie est en danger. Pourtant, elle agit comme si tout allait bien, ne laissant rien paraître de sa peur. Les hommes qui l'accompagnent admirent son courage et... sa beauté.

L'air grave sous sa perruque aux fines tresses noires, Nitocris lisse sa robe blanche froissée par le trajet en chaise à porteurs. Elle rajuste son diadème d'or, respire profondément pour

Chapitre 12

calmer le rythme de son cœur et entre dans la chapelle de la tombe.

Les serviteurs chargés d'offrandes la suivent. Les porteurs d'éventail et de parasol l'attendent devant le tombeau, accroupis au pied d'un mur.

Rapidement habituée à l'obscurité du lieu, Nitocris aperçoit la fausse-porte de pierre et la statue de Mérenrê, qui semble en sortir, marcher vers elle... De la taille d'un homme, cette statue est si ressemblante avec son regard vivant, vif et tendre à la fois, fait de pierres noires et blanches incrustées.

Il est là ! Va-t-il lui parler ? Elle y croit un instant, un bref instant. Alors, les yeux pleins de larmes, la reine s'approche de la table d'offrande installée devant la fausse-porte et sa statue. Elle dit ce qui doit être dit, des formules religieuses qu'elle connaît depuis l'enfance :

– Ô Mérenrê ! Viens vers ce pain qui est pour toi et qui ne te manquera jamais ! dit-elle d'une voix brisée par le chagrin. Pour toi, un millier de cruches de bière, un millier de têtes de bétail, un millier d'oiseaux, de grains d'encens et de pots d'huile, un millier de toutes choses bonnes, pures et agréables pour toi, Mérenrê !

Cela dit, Nitocris dépose les offrandes apportées par ses serviteurs depuis Memphis. Bientôt, la table disparaît sous une multitude de pains, gâteaux, fruits et fleurs tandis que les jarres s'alignent le long du mur.

Elle regarde une dernière fois la statue de Mérenrê. Ses yeux de pierre semblent l'observer. Ses lèvres de pierre semblent lui sourire. Réconfortée, Nitocris quitte la tombe en murmurant :

– Je reviendrai.

Dehors, sous la lumière aveuglante du soleil, encore tout émue, elle retrouve le Vizir, ses soldats, ses serviteurs, sa chaise à porteurs

Nitocris, reine d'Égypte

et ses soucis de reine. Aussitôt reformé, le cortège prend la route de Memphis. Le soleil est haut dans le ciel, la chaleur étouffante. Les éventails à long manche brassent un air brûlant.

13

LA RÉVÉLATION

🌿

Sur le chemin menant du cimetière à Memphis, insensible à tout ce qui l'entoure, Nitocris semble ailleurs, perdue dans ses rêves. Elle ne remarque ni la chaleur ni les pas fatigués de ses porteurs ni l'air soucieux de son Vizir.

Pourtant, les portes de la grande ville à peine franchies, elle semble soudain revivre et ordonne au Vizir de l'accompagner jusqu'au kiosque[1] du jardin royal.

Sitôt descendus de leur chaise à porteurs devant le palais, la reine et son Vizir s'éloignent sur l'allée bordée de palmiers, de figuiers, de sycomores et de fleurs parfumées. Ils longent le bassin où des canards barbotent parmi des lotus blancs et bleus affolant libellules et papillons.

– Eh bien, nous voici seuls. Vas-tu enfin parler Vizir ? dit Nitocris en s'installant dans le fauteuil aux épais coussins qui l'attend sous le kiosque.

Elle grignote quelques raisins posés sur une table basse avant de poursuivre d'une voix sourde.

– Maintenant, approche, parle bas et dis-moi ce que je veux savoir.

---

1. **Kiosque** : petite construction composée d'un toit protégeant du soleil soutenu par de fines colonnes peintes de couleurs vives.

Nitocris, reine d'Égypte

— Majesté, Majesté, murmure le Vizir en s'inclinant respectueusement.

Il sent l'importance du moment en voyant le visage tendu de sa reine, son regard désespéré, perdu. Il ne peut s'empêcher de la plaindre si belle, si seule, si jeune. L'âge de sa fille préférée. Elle est reine, certes, mais là, devant lui, elle est simplement une femme qui attend de savoir qui tua celui qu'elle aimait.

— Voilà ce que j'ai découvert : les assassins de Mérenrê sont... et...

— Eux ! En es-tu sûr ? s'étonne la reine en entendant leurs noms.

Ses mains se crispent sur les accoudoirs de son fauteuil. Un afflux anormal de sang rougit son visage.

— Oui, Majesté. J'ai des témoins.

— Est-ce possible ?

— Deux serviteurs ont avoué avoir entendu leurs maîtres parler de flèches, de grands bouleversements et de la mort soudaine d'un puissant... Un pêcheur les a vus s'éloigner lors de la chasse dans les marais. Ils prenaient, jure-t-il, la même direction que Mérenrê qui suivait un crocodile.

— C'est vrai, Horkouf m'a parlé de ce crocodile.

— Une dernière preuve, Majesté, les rameurs qui dirigeaient les barques de ces traîtres ont disparu ! Probablement assassinés, eux aussi, pour ne pas laisser de témoins gênants, précise le Vizir qui s'efforce désespérément de ne pas trembler tant il partage l'émotion de sa reine.

— Jamais je ne les aurais soupçonnés. Ils semblent si aimables, si respectueux en apparence des dieux, du roi et des hommes, s'étonne Nitocris. Ils sont aussi tellement puissants.

— Ô Céleste Maîtresse du Monde, voyez pourquoi il est impossible de dévoiler leurs noms, impossible de les arrêter et de les juger.

Chapitre 13

– Effectivement.

– Ils tueraient ceux qui s'opposent à eux... Ils vous tueraient, ma reine, et tous vos fidèles serviteurs !

– Tu as mille fois raison, la prudence s'impose, reconnaît la reine.

– Et ces hommes n'agissaient pas seuls. Ils avaient, hélas, le soutien de presque tous les Grands du Royaume qui habitent Memphis... D'ailleurs, ceux qui participaient à la chasse disent ne pas avoir remarqué leur absence, n'avoir rien vu, rien entendu. Tous des menteurs ! Complices de ces assassins, ils les protègent et cachent mal leur joie de voir Mérenrê mort.

– Que ces meurtriers, soient punis ! s'écrie Nitocris. Mais par prudence, gardons le silence. Je peux compter sur toi ?

– Oui, ma reine.

– Nous utiliserons la ruse pour rétablir l'ordre de Maât.

– Prenez garde, votre vie est en jeu, répète le Vizir.

– Ne crains rien. J'ai une excellente idée. Je t'en parlerai plus tard, rentrons au palais pour le Conseil du Matin.

Cela dit, Nitocris se lève et traversant d'un pas rapide les jardins royaux, s'engouffre dans le palais.

14

De chers souvenirs

🌱

À Memphis, la vie reprend au palais. En apparence tout va bien, mais rares sont ceux qui acceptent vraiment le pouvoir de la pharaonne. Ils font semblant de lui obéir, de la respecter et complotent dans son dos.

Nitocris le sait et leur sourit pour cacher son mépris. Elle s'inquiète surtout pour son demi-frère, le jeune prince Néferkarê, se tourmentant plus pour lui que pour elle-même.

– Puisque Mérenrê et moi n'avons pas eu d'enfant, à ma mort, Néferkarê deviendra pharaon, confie-t-elle un soir à sa servante. Et, mes ennemis étant ses ennemis, il risque de...

– Majesté, votre dernier jour n'est pas venu, ni le sien... Vous ne mourrez pas.

– Ceux qui ont tué Mérenrê frapperont à nouveau, poursuit Nitocris. Ils préparent leur coup. J'en suis sûre. Qui sera leur prochaine victime, lui ou moi ? Voilà la seule question qui reste pour moi sans réponse.

– Ma reine, que dites-vous là ! s'exclame Neity sans parvenir à cacher sa peur.

Sa voix tremble. Ses mains serrent inutilement une étoffe de lin. Des larmes coulent sur ses joues.

– Neity, reprend doucement Nitocris, regarde la vérité en face au lieu de te mentir. Il faut affronter les assassins, les traîtres, et

Chapitre 14

les abattre. Écoute-moi. Je dois protéger le petit prince puisque sa mère Ankhésenpépi est morte. Pour le défendre au mieux, je veux qu'il vienne habiter ici, près de moi. Qu'Horkouf aille le chercher dans le plus grand secret. Qu'il parte immédiatement. Va le-lui dire.

Dès le lendemain, calme et rieur, trottinant sur ses pieds nus, le jeune Néferkarê entre dans les appartements royaux guidé par le fidèle Horkouf. Sa nourrice, une Égyptienne toute ronde, aussi large que haute, mais au sourire charmant, l'accompagne.

À peine âgé de six ans, Néferkarê n'est pas craintif. Coiffé à la mode des princes, son crâne presque entièrement rasé brille au soleil. Sur sa tempe, une petite natte sautille à chaque pas. Il regarde de droite et de gauche dans les couloirs du palais, traverse des salles immenses sans poser aucune question. Soudain, Horkouf s'arrête et l'invite, d'un geste de la main, à franchir seul la porte d'une pièce d'où s'échappe un délicieux parfum.

Sans hésiter, l'enfant entre dans la salle. Apercevant Nitocris, il s'immobilise et s'incline profondément devant elle, car, en petit prince bien élevé, il sait comment agir devant Pharaonne. Il se prosterne. Son front touche le sol, mais garde les yeux grands ouverts. Il a horreur du noir ! Il remarque alors une colonne de fourmis avançant près de lui. Trouver des fourmis chez la reine l'amuse ! Il les suit des yeux sans bouger, souffle en leur direction pour voir quand...

– Approche, propose la reine. Allons, petit frère aux beaux yeux sombres, viens près de moi que nous fassions connaissance.

– Oui, Majesté, dit-il de sa toute petite voix, mais il y a des fourmis chez vous.

— Laisse-les. Tu les retrouveras tout à l'heure et assieds-toi sur ce tabouret, ordonne Nitocris qui retient difficilement son envie de rire, elle qui n'a pas ri une seule fois depuis des semaines.

— Oui, Majesté, dit-il en s'asseyant.

Oubliant les fourmis, Néferkarê, qui est d'un naturel curieux, dévisage la reine. Il est ébloui par sa beauté. Il admire ses cheveux soyeux comme le pelage d'un chaton, ses yeux veloutés comme une gazelle, sa peau pâle comme...

— Sais-tu pourquoi tu es ici ? lui demande alors la reine en remarquant que, une fois assis sur le tabouret, les pieds du garçonnet ne touchent plus le sol.

— Je l'ignore.

— Puisque ta mère a rejoint l'au-delà, tu habiteras ici, avec moi, car je suis ta reine et aussi ta sœur.

— Majesté, tu es belle, mais je n'en ai pas envie.

— Tu es grand maintenant aussi iras-tu, chaque jour, à l'École du Palais apprendre à lire et écrire les hiéroglyphes.

— Je veux rentrer chez moi, répète le petit prince soudain envahi par l'envie de retrouver sa maison, ses amis, ses jeux, son jardin. D'ailleurs, je sais déjà un peu lire. C'est assez comme ça.

— Fort bien, mais sais-tu compter, respecter et servir les dieux ?

— Oui.

— Pour devenir un bon roi, il faut...

— Je suis fils de Pépi et je serai un bon roi, disait ma mère.

— Justement...

Nitocris hésite. Elle n'a pas l'habitude des enfants. Elle caresse ses petites mains dodues, douces, chaudes, et reprend d'une voix calme :

— Veux-tu que je te raconte une histoire ? Une belle histoire ?

Chapitre 14

– Oui ! s'exclame Néferkarê ravi.

– Lorsque j'étais petite, Sa Majesté Pépi, notre père, me parlait souvent de l'étrange danseur venu un jour des pays du Sud. Un vrai trésor, répétait-il. Un trésor plus précieux que l'or. Connais-tu cette histoire ?

– Je ne crois pas.

– Alors, je vais tout te dire et, si tu le désires, mes soldats iront te chercher là-bas le même trésor et l'apporteront ici, au palais. Évidemment, si tu n'es pas là...

– Si la surprise est belle, je reste chez toi, promet le petit prince.

15

L'HISTOIRE DU TOUT PETIT HOMME NOIR

🌿

Tout heureux, Néferkarê approche son tabouret d'ébène du fauteuil de Nitocris. Il a oublié la fatigue du voyage, sa nourrice restée dans le couloir, les fourmis et son envie de rentrer chez lui. Il adore qu'on lui raconte des histoires.

– Il y a bien longtemps de cela, commence la reine, notre père Pépi fêtait son dixième anniversaire, quand il reçut une lettre étonnante, un simple petit papyrus apporté par un messager royal. Comme ce tout jeune pharaon d'Égypte savait lire puisqu'il étudiait à l'École du Palais...

– Moi aussi je sais presque lire.

À ces mots, Nitocris amusée sourit, un vrai sourire, qui fait regretter à Néferkarê ses propos. Il rougit jusqu'au front, pince ses lèvres et se promet, lui qui est aussi curieux que bavard, de ne plus l'interrompre.

– Fort bien, tu sais presque lire. Donc, reprend-elle, Pépi déroula le papyrus et lut : « *Majesté ! Vie, Santé et Force ! Je rentre du pays de Pount*[1], avait écrit son Chef des Expéditions Lointaines, *avec sur vos bateaux mille trésors : des anneaux d'or, du bois d'ébène, des grains*

---

1. **Pount** : région lointaine située au sud-est de l'Égypte, la Somalie, aujourd'hui.

Chapitre 15

d'encens, des peaux de panthère, des défenses d'éléphant et un Pygmée minuscule dansant merveilleusement bien. »

– Qu'est-ce qu'un Pygmée ? demande Néferkarê oubliant de garder le silence.

– Un tout petit homme à la peau noire et aux cheveux crépus.

– Savait-il vraiment danser ?

– Bien sûr, mais écoute. Après avoir lu et relu cette lettre, Pépi, aussi jeune que curieux, se demandait comme toi, si un Pygmée pouvait danser avec grâce. S'il était vraiment très petit ? Petit comment ? Petit comme lui, qui n'était alors qu'un enfant ? Ou encore plus petit que lui ? Pépi pouvait attendre quelques semaines pour recevoir l'or, l'ébène, les fourrures et l'ivoire, mais pas pour le Pygmée. Alors...

– Alors ?

Néferkarê est tellement pris par l'histoire qu'il se lève, s'approche de Nitocris, glisse ses mains dans celles de la reine et répète, impatient :

– Alors ? Dis vite.

– Sans perdre un instant, Pépi écrivit au Chef des Expéditions Lointaines : « *Viens donc au palais tout de suite,* ordonna-t-il. *Quitte les autres et amène-moi ce nain, sain et sauf. Il dansera pour les dieux et réjouira mon cœur. Embarque avec lui sur le meilleur de mes bateaux. Place sur le pont des gardes autour du petit homme pour qu'il ne tombe pas à l'eau. Le jour, ne le quitte pas des yeux. La nuit, que tes hommes dorment avec lui dans sa cabine. Vérifie que tout va bien dix fois par nuit. Je souhaite voir ce nain plus que tous les autres merveilleux produits que tu m'apportes du pays de Pount.* » Pépi signa sa lettre et la confia au messager...

– Moi aussi, je veux un tout petit danseur ! demande Néferkarê.

Nitocris, reine d'Égypte

— Qu'il en soit ainsi ! promet Nitocris. Demain, j'ordonnerai que l'on parte en ce pays te chercher un Pygmée. Dès son arrivée au palais, il dansera pour les dieux et réchauffera ton cœur.

— Comme pour notre père ?

— Oui, mais tu devras patienter plusieurs saisons. Le voyage est long jusqu'au pays de Pount.

— Je saurai attendre, promet solennellement Néferkarê. Je veux bien rester ici avec toi... Cependant, je veux ma nourrice, mes jeux, mon chaton et...

— Bien. Tu auras tout ce que tu veux. En attendant, allons nous promener dans les jardins. Sais-tu que les figues sont mûres à point ?

— J'adore ça ! s'enthousiasme le jeune prince.

16

Douces promenades

🍂

Les mois passent et la vie en Égypte devient de plus en plus difficile. Les révoltes se multiplient. Les paysans n'ont plus de grains, plus de moissons, plus de pain. Ils ont faim.

Au sud du royaume, les nomarques d'Éléphantine[1] et d'Abydos[2] vivent comme de petits rois envoyant de temps à autre de fausses marques de soumission à Nitocris. En fait, ils ne lui obéissent plus du tout. Au nord, des Bédouins sèment la terreur par leurs violences. Ils volent, tuent. Ils ne craignent ni les soldats de la reine ni les brigands, aussi pauvres et aussi cruels qu'eux, qui rôdent sur les chemins.

L'expédition pour le pays de Pount va-t-elle bientôt revenir de ces terres lointaines ? Impossible de le savoir.

À Memphis, tout semble tranquille.

L'adorable Néferkarê étudie à l'École du Palais. Bon élève, il fait des progrès tout en attendant sagement son Pygmée.

Sa sœur, la belle pharaonne, règne depuis sa luxueuse Salle du Trône. Vizir, généraux, scribes et conseillers l'entourent, la renseignent sur la vie du royaume mêlant habilement vérités et

---

[1]. **Éléphantine** : ancienne cité située sur une île en face de la ville moderne d'Assouan, point de départ des expéditions vers la Nubie à l'époque des pharaons.
[2]. **Abydos** : cité de Haute-Égypte où se trouvait le présumé tombeau d'Osiris.

mensonges. Ils la flattent, l'aident parfois, la trompent souvent. Nitocris le sait, mais agit comme si elle ne voyait rien. En fait, elle prépare sa vengeance dans le secret de son cœur. Elle compte rendre la justice sans affronter directement ses ennemis et parle de plus en plus souvent d'embellir son palais de Memphis.

« Quelle étrange décision, murmurent les Grands d'Égypte en retenant difficilement leurs rires. Quelle mauvaise reine. Nous avons bien raison de chercher à l'éliminer… Tout va mal et notre glorieuse pharaonne songe à faire des travaux ! »

– Majesté ! Pourquoi agrandir votre palais quand la situation du royaume est catastrophique ? ose lui demander un soir le Vizir qui lui reste fidèle comme au premier jour.

– Je sais ce que je fais, répond sèchement Nitocris. Pour le moment, je ne t'en dirai pas plus, mais sache que je n'oublie ni la misère de mon peuple ni les assassins de Mérenrê !

– Majesté, ils sont dangereux !

– Silence, Vizir. Je m'occupe de ce problème. Leur punition sera aussi cruelle que leur crime. Laisse-moi maintenant. Le jeune prince m'attend.

– Bien, Majesté, marmonne le Vizir avant de se retirer.

Comme chaque fin d'après-midi, quand la chaleur se fait douce, Nitocris retrouve Néferkarê pour une promenade dans les jardins royaux.

À l'ombre des palmiers-doum[1] et des acacias, ils bavardent, écoutent les oiseaux chanter et lancent du pain aux canards du bassin. Ils composent des bouquets de bleuets, de lotus bleus ou blancs. Ils cueillent des figues bien mûres ou des grains de raisin

---

1. **Palmier-doum** : sorte de palmier que l'on trouve en Égypte et en Arabie. En France, on le trouve en Méditerranée, où il reste nain.

Chapitre 16

qu'ils croquent aussitôt. Ils se cachent derrière les sycomores[1]. Ils rient... Quel plaisir !

Pendant ces promenades, la reine oublie les soucis du pouvoir et le prince les dictées difficiles, les additions compliquées, les longs poèmes et les prières à apprendre par cœur. Désormais, Néferkarê aime vivre au palais. Il a une sœur merveilleuse, sa nourrice dodue, son chaton qui grossit de jour en jour, de nouveaux amis à l'École du Palais... Et, bientôt, le danseur pygmée sera là !

---

1. **Sycomore** : arbre au bois très léger et incorruptible, originaire d'Égypte.

17

Une étrange maladie

🌿

Aujourd'hui, Néferkarê, qui jouit d'habitude d'une bonne santé, ne se sent pas bien. Depuis son réveil, il a la tête lourde, mal au cœur, mal au ventre. Tout fiévreux, il garde la chambre. Sa nourrice veille sur lui. Elle lui apporte de l'eau, tente de le faire boire. Il vomit. Alors, elle lui tamponne les tempes, le front et les lèvres avec un linge humide pour le rafraîchir.

Assise à son côté, Nitocris console le petit malade recroquevillé sur son lit. Elle a envoyé chercher d'urgence le médecin-magicien● du palais. Pour le distraire, elle lui parle du Pygmée danseur qui, promet-elle, arrivera bientôt.

– C'est étrange... Mon prince, qu'avez-vous mangé ? lui demande le médecin-magicien après l'avoir ausculté.

– Du pain, des légumes et... du canard rôti, murmure Néferkarê qui sent son cœur battre à tout rompre tandis qu'une douleur atroce lui vrille le ventre.

● Dans l'Antiquité, la médecine n'est pas une discipline scientifique au sens où on l'entend aujourd'hui. C'est alors un ensemble de connaissances et de savoir-faire mêlés de pratiques religieuses et magiques.

Chapitre 17

– Avez-vous remarqué un goût particulier à l'un de ces plats, un goût amer, acide, piquant ?

– Peut-être... un peu... piquant... mais pas trop... Je ne... sais... plus...

– A-t-il mangé quelque chose de mauvais ? s'inquiète Nitocris.

– Hélas ! Majesté, c'est possible. Qu'il avale immédiatement cette potion. Tenez, nourrice, faites-le boire. Pendant ce temps, je lui prépare une amulette magique pour chasser son mal.

Tandis que le médecin-magicien sort son matériel de scribe, les lèvres sèches, le corps secoué de longs tremblements, Néferkarê avale le remède. Il gémit. Des gouttes de sueur coulent sur son visage et glissent sur son cou aussitôt absorbées par l'épais drap de lin.

– Ferme les yeux et imagine le Pygmée qui dansera bientôt pour toi, murmure Nitocris pour le distraire. Il sera tout petit, comme toi. Il aura la peau noire et des cheveux très courts et tout bouclés. Il sera...

– Je ne peux... plus rêver... pleure le petit prince. J'ai... trop... mal.

Le médecin-magicien plie le papyrus sur lequel il a écrit des formules magiques, des formules extrêmement puissantes contre les poisons. Il l'accroche sur une bandelette de lin ornée de sept nœuds pour écarter le mal. Puis, il noue cet étrange collier au cou de l'enfant tout en récitant d'autres formules magiques connues de lui seul.

Nitocris l'écoute. Désespérée. Elle ne sait que trop bien ce qui s'est passé. Hélas, elle ne peut rester plus longtemps près de Néferkarê, son devoir de reine l'attend. Un dernier baiser sur le front de l'enfant et elle sort à regret de la chambre.

Les heures passent. Bientôt, la nuit tombe sur Memphis. Tout est affreusement calme.

Au palais, la potion a calmé les douleurs du jeune prince qui dort, brûlant de fièvre. Sa nourrice l'évente, lui pose des linges humides sur le visage, le tient par la main. Elle caresse son crâne chauve en lui chantant de douces mélodies comme lorsqu'il était bébé.

La lune et les étoiles pâlissent quand, sans un bruit, sans une plainte, sans même se réveiller, Néferkarê meurt au lever du jour.

Aussitôt, la nourrice en larmes court réveiller la pharaonne.

Pieds nus, toute frissonnante, Nitocris se précipite dans la chambre de Néferkarê. Elle enlace le petit corps sans vie, caresse le visage figé par la mort, l'embrasse, joue un instant avec la fine tresse de l'enfance et pleure, pleure longtemps.

– Mon cher petit, mon cœur… sanglote-t-elle. Pourquoi es-tu parti si tôt dans l'au-delà ? Pourquoi tant de haine ?

18

DÉSESPOIRS

Quelques heures plus tard, dans la Salle du Trône, le visage blême, les yeux bouffis et les poings serrés, la reine regarde son Vizir, sans vraiment le voir.

– Qui a empoisonné ce pauvre petit ? hurle-t-elle. Les assassins de Mérenrê ont-ils AUSSI assassiné Néferkarê ? Vizir, réponds.

– Je l'ignore, ma reine, s'étrangle-t-il.

– Quelle incompétence ! N'as-tu pas renforcé les gardes et surveillé les cuisines comme je te l'avais ordonné ?

– Je vous ai toujours obéi, Majesté.

– Incroyable ! La sécurité n'existe-t-elle plus au palais royal ?

– Tous ceux qui vivent au palais, qui entrent ou sortent, sont surveillés par mes meilleurs hommes...

Désespéré, le malheureux Vizir tente de se justifier. En vain. Sa reine a mille fois raison. Il a échoué. Il est incompétent. Il est le plus mauvais Vizir depuis le Jour de la Première Fois lorsque le dieu Rê créa le monde. Anéanti par sa propre nullité, il baisse les yeux. Que dire de plus ? Que faire ? Il avait tout prévu. Enfin, il croyait avoir tout prévu. Il savait que les meurtriers allaient frapper encore et, malgré tous ses efforts, le jeune prince est mort.

Nitocris, reine d'Égypte

— Tes meilleurs hommes ! Vraiment ? Alors, si ce que tu me dis est vrai, le meurtrier de Néferkarê n'est pas un humain, mais un mauvais génie envoyé par la déesse Sekhmet.
— Peut-être, Majesté.
— La grande déesse serait responsable de la mort de mon frère ? Pauvre petit prince !
— ...
— Et pourquoi la déesse l'aurait-elle tué ? Non, la déesse n'y est pour rien. Ce sont les assassins de Mérenrê qui ont encore frappé. Ils ont tué ici, au cœur du palais. Vizir, écoute-moi bien : ils ne m'échapperont pas. Ces puissants seront châtiés. Ils mourront et n'auront ni momification ni tombe ni offrandes ni prières. Ils n'auront plus de nom ! Ils seront oubliés pour toujours. Je le jure.
— Majesté, pensez à votre propre vie avant de penser à la vengeance. Prenez garde ! Vous êtes aujourd'hui la dernière enfant du grand Pépi.
— Ma sécurité ? Tu plaisantes, Vizir. Toi qui es incapable de protéger un enfant, tu me parles de ma sécurité. Songe à ce pauvre petit empoisonné au palais royal, un palais que tu me dis bien gardé !
— ...
— Désormais, seuls les dieux de l'Égypte peuvent me protéger. Je m'en remets à eux... Occupe-toi de l'enterrement de Néferkarê et préviens le Chef des Architectes : je veux le voir, sous le kiosque du jardin, demain avant le Conseil du Matin... Maintenant, laisse-moi seule.

Les pas lourds des prêtres résonnent au loin, dans le silence du palais. Une forte odeur d'encens les précède, les annonce. Les prêtres arrivent. Ils sont là. Déjà ! Crânes rasés et luisants, pagnes blancs, pieds nus, ils viennent chercher le corps de Néferkarê pour l'embaumer comme un prince doit l'être.

19

Vengeances

🌿

Allongée sur son lit d'ébène rehaussée d'or, Nitocris se désespère.

Les nuits succèdent aux nuits et elle ne dort plus. Impossible de trouver le repos. Par la fenêtre de sa chambre, elle contemple la lune et les étoiles, écoute les animaux nocturnes qui s'agitent dans les jardins ou songe aux jours de bonheur passés avec Mérenrê et Néferkarê.

Elle a tant de peine et tant de rage au fond de son cœur que pas une larme ne coule de ses beaux yeux sombres.

Le soleil se lève à peine et déjà la malheureuse pharaonne se lève, s'habille et sort se promener dans les jardins espérant y trouver un peu de réconfort.

Au pied des sycomores, elle cueille quelques bleuets, s'assied au bord du bassin, regarde les canards encore endormis. Une grenouille bondit près d'elle avant de disparaître dans un fourré de papyrus.

Loin d'apaiser son désespoir, la douceur de l'aube et la caresse du vent renforcent sa haine pour les meurtriers.

– Agir vite et frapper fort pour que justice soit faite ! se dit-elle. Je vais les punir. Tous ! Un piège diabolique. Ces assassins, si puissants soient-ils, trouveront la mort. Alors, et alors seulement, je pourrai vivre en paix.

Nitocris, reine d'Égypte

Quand Nitocris arrive près du kiosque aux fines colonnes, elle aperçoit le Chef des Architectes qui l'attend.

Aussitôt, elle se compose un visage impénétrable, froid, dur pour cacher sa tristesse. Elle s'assied dans son fauteuil, se cale confortablement dans les coussins et regarde l'Égyptien. Elle connaît depuis toujours cet homme aux cheveux rares et au sourire chaleureux. C'était l'architecte préféré de son père. Prosterné dans la poussière du chemin les pieds perdus dans une bordure de bleuets, il attend l'autorisation de la reine pour se relever. Au loin, un brusque envol de canards le fait sursauter.

– Chef des Architectes, commence la reine, approche et écoute. J'ai voulu te voir en ces jours de deuil car je veux réaliser, plus vite que prévu, quelques travaux au palais. Je t'en avais déjà parlé, il me semble.

– Oui, Majesté.

– Je souhaitais une nouvelle salle des banquets, vaste et richement décorée.

– Oui, Majesté. Selon vos désirs, j'ai tracé des plans et, dès que Votre Majesté les aura approuvés, mes ouvriers monteront les murs...

– Ils ne monteront rien du tout, coupe la reine, car j'ai changé d'idée. Je veux maintenant que tu creuses le sol.

– Une salle souterraine ?

– Oui.

– Ô noble reine Aimée des Dieux, vos désirs sont des ordres, mais dites-moi plus précisément ce que vous souhaitez.

– Imagine, sous les jardins royaux, une salle des banquets merveilleusement décorée, délicieusement meublée, fraîche en été, chaude en hiver ! Et, ce n'est pas tout. Approche plus près encore et promets de ne rien dire.

Chapitre 19

– Je garderai le secret, jure le Chef des Architectes intrigué par le ton de sa voix et légèrement inquiet.

– Parfait, alors écoute bien, je veux aussi que...

Le petit homme tend l'oreille, s'étonne, hausse les sourcils, approuve de la tête, réclame un renseignement supplémentaire, admire la ruse et le courage de sa reine.

– Tandis que tes ouvriers prépareront cette salle, avec quelques hommes sûrs, très sûrs – choisis-les bien – tu creuseras un canal entre le Nil et la salle. Personne ne doit vous voir ! Personne ne doit en parler ! L'eau y pénétrera côté Nil et sera bloquée par une pierre décorée côté palais.

– Cette pierre qui retiendra l'eau du canal devra-t-elle pouvoir s'ouvrir ?

– Exactement.

– Une pierre qui ressemblera à toutes les autres dans la salle ?

– Tu comprends vite, approuve Nitocris. Invente un système astucieux pour qu'elle bascule afin de... laver facilement la Salle des Banquets.

– J'ai compris, mais c'est...

– Pas de question, Chef des Architectes. Je décide. J'ordonne. Tu obéis et tu travailles vite, très vite.

– À vos ordres, Majesté. Je cours préparer de nouveaux plans.

– Parfait. Et n'oublie pas : j'exige le secret le plus absolu. Au palais, seuls le Vizir, Horkouf et Neity, mes fidèles serviteurs, seront au courant. Il y va de ta vie !

Sans poser de questions, le Chef des Architectes se prosterne devant Nitocris et, avec sa permission, quitte les jardins royaux.

20

Plans secrets

De retour chez lui, le Chef des Architectes a perdu son sourire car ce que lui demande la reine est très difficile. Pourtant, il n'a pas le choix. Il ne peut qu'obéir.

— Tout est à refaire, bougonne-t-il en déroulant le papyrus sur lequel il avait tracé le plan de la nouvelle salle des banquets. Tout ! Et, en plus, Sa Majesté est pressée. Voyons, voyons... Je ne changerai ni la taille ni la décoration prévues pour la salle... Je la creuserai. J'y ajouterai le canal et la pierre pivotante. Il me manque quelques mesures...

Le lendemain, avant l'aube, le Chef des Architectes traverse Memphis endormie suivi de ses deux plus fidèles serviteurs.

Ses cheveux rares et ébouriffés, le visage fatigué, le front soucieux, il porte son matériel de scribe : un éclat de calcaire blanc, une pointe de roseau taillée, de l'encre noire et un godet à eau. Il marche à grands pas. Il a travaillé toute la nuit comme le prouvent ses paupières bouffies et ses yeux rougis. Il n'a envie ni de sourire ni de parler, furieux d'avoir tout à refaire.

— Dépêchez-vous, hurle-t-il à ses hommes qui le suivent avec une corde d'arpenteur[1] et deux pieux pointus.

---

1. **Arpenteur** : ouvrier qui mesure les terres. Il était muni d'une corde qui lui servait d'instrument de mesure.

Chapitre 20

— Oui, Maître.

— Allons, pressez-vous. Nous devons mesurer la distance entre le Nil et le mur d'enceinte du jardin royal avant la forte chaleur du jour !

Étonnés de la mauvaise humeur de leur maître qui, en général, est calme et souriant, ses hommes pressent le pas et le suivent en silence.

Arrivés au bord du Nil, ils déroulent leur corde d'arpenteur. L'un d'eux plante un piquet dans le sol sur le rivage et y noue l'une des extrémités de la corde. Puis, marchant dans la direction indiquée par son maître, l'autre s'éloigne en déroulant la corde, la tend au maximum et plante un piquet.

— Une longueur de corde ! note le Chef des Architectes à l'encre noire sur l'éclat de calcaire qu'il tient à la main.

L'homme resté près du Nil arrache alors son piquet, enroule la corde et rejoint son compagnon. Là, il la déroule à nouveau, marche en direction des jardins royaux, tend sa corde, replante son piquet.

— Deux ! crie le Chef des Architectes.

Tandis que ses serviteurs continuent d'enrouler et de dérouler la corde, de planter et de déplanter leurs piquets, le maître compte, note, grogne de nouveaux ordres, les presse. Il a chaud. La sueur coule sur son visage.

— Arrêtons-nous près du mur d'enceinte, ordonne enfin le Chef des Architectes.

— Continuons-nous dans le jardin royal ? demandent ses aides qui ne comprennent vraiment pas la raison de tant de mauvaise humeur.

— Mesurez sans poser de questions. Je vous ai prévenus : ne dites à personne de ce que nous faisons. Sinon...

— Nous avons compris.

Nitocris, reine d'Égypte

50 – Parfait. Maintenant, rentrons, bougonne leur maître.

Avant l'aube du lendemain, tandis que la lune et les étoiles illuminent encore le ciel, le Chef des Architectes et ses hommes retournent au travail. Maintenant, ils prennent des mesures dans les jardins royaux.

55 Pour ne pas faire de bruit, ils ne plantent pas vraiment leurs piquets. Ils déroulent leur corde, recommencent maintes fois et s'arrêtent enfin à quelques mètres du palais.

– C'est bon ! s'exclame soudain le Chef tout en étudiant le sol, grommelant, notant, soupirant.

60 – Que fait-il ? demande l'un des deux hommes à son compagnon.

– Notre maître regarde, en pleine nuit, les fleurs qui poussent à ses pieds, se moque-t-il. À moins qu'il ne compte les cailloux.

– Est-il devenu fou ?

65 – Vu son humeur, mieux vaut ne rien dire.

– Voilà, j'ai tout ce qu'il faut pour mon nouveau projet. Rentrez chez vous, ordonne-t-il à ses serviteurs.

– C'est tout ?

– Oui. Allons, partez ! Ne restez pas là les bras ballants[1].

70 Déjà le petit homme court jusqu'à son bureau. Sitôt la porte fermée, assis sur un tabouret bas, il relie ses notes, calcule, écrit, dessine à la lueur d'une dizaine de lampes à huile[2]. Une à une, les étoiles s'effacent. Le ciel s'éclaircit. Le soleil se lève.

Sentant le sommeil l'envahir, le Chef des Architectes déroule
75 sur le sol une natte de papyrus tressé, s'y assied, bien décidé à travailler encore et… s'endort.

1. **Ballant(e)** : qui pend et oscille.
2. **Lampes à huile** : coupelles de pierre ou de terre cuite remplies d'huile où trempent des mèches de chiffon de lin enflammées.

21

Plus une minute à perdre

🝆

Quand le Chef des Architectes se réveille tout engourdi parmi ses rouleaux de papyrus, le soleil est déjà haut dans le ciel.

– Malheur, ce n'était vraiment pas le moment de dormir ! s'écrie-t-il.

Il roule sa natte, la pose contre le mur, renoue son pagne et passe ses doigts dans ses cheveux aussi rares qu'ébouriffés. Sa toilette achevée, il grignote un pain sucré aux dattes et boit une coupe de bière tout en regardant d'un œil mauvais son papyrus couvert de notes, de chiffres et de croquis, ce travail dont il était si fier hier au soir.

Il n'y comprend plus rien tant il a raturé, barré, complété...

– Tout d'abord réécrire ça proprement, bougonne-t-il en choisissant un nouveau papyrus.

Il le pose à plat sur son pagne bien tendu entre ses cuisses, manière habituelle de se faire une tablette, et, de sa plus belle écriture, il recopie notes, calculs et croquis. Il modifie quelques détails, vérifie ses opérations, recalcule la distance entre le Nil et la future Salle des Banquets. Il compte, recompte, évalue la quantité de terre à ôter et le matériel à réunir. Il doit tout prévoir : le nombre d'ouvriers, d'outils, de lampes, de cordes, de paniers, d'échafaudages et de mois nécessaires pour mener à bien ces travaux.

Ainsi passent les heures, les jours et les nuits.

Pendant une longue semaine, le Chef des Architectes travaille de l'aube au coucher du soleil. Parfois, il consulte son Chef des Ouvriers, son Chef des Scribes ou son Chef des Dessinateurs.

– Voilà, c'est prêt ! se réjouit-il un beau matin. Je cours chez la reine.

Aussitôt dit, aussitôt fait. Les plans approuvés par la pharaonne, le travail commence.

22

Quel travail !

🌱

Désormais, le calme des jardins royaux n'est plus qu'un souvenir.

Un vacarme effroyable fait fuir les oiseaux : outils frappant le sol, ouvriers s'interpellant, chefs criant leurs ordres ou menaçant du bâton un homme maladroit, un paresseux, chaleur, poussière...

Les spécialistes défoncent le sol. Les porteurs de déblais[1] s'en vont à pas traînants vider leurs lourds paniers loin, très loin, de l'autre côté du mur d'enceinte, avant de le remplir à nouveau. Ils chantent pour se donner du courage.

Dès l'aube, le Chef des Architectes est là aux côtés du Chef des Ouvriers qui surveille, conseille, ordonne, exige, hurle si nécessaire.

Ils sont partout, ont l'œil à tout.

Ils se réjouissent en voyant un large escalier s'enfonçant dans le sol, là où auparavant poussaient acacias et bleuets. Les deux hommes comptent les marches, vérifient leur hauteur.

L'escalier achevé, ils demandent à leurs ouvriers de creuser horizontalement le roc, de s'enfoncer sous terre.

Les semaines succèdent aux semaines, les mois aux mois.

---

1. **Déblais** : mélange de cailloux, de pierres éclatées et de terre.

Nitocris, reine d'Égypte

En bas de l'escalier, s'ouvre maintenant une vaste salle souterraine au plafond soutenu par de lourds piliers.

Frappant pierre contre pierre, les hommes égalisent les murs, aplanissent le plafond et affinent les piliers. Une épaisse poussière obscurcit la pièce déjà bien sombre malgré les dizaines de lampes à huile qui y brûlent du matin au soir.

Maintenant que les parois sont comme elles doivent être, plates et lisses, les scribes, les dessinateurs et les peintres, sous les ordres de leurs chefs, arrivent prêts à transformer cette grotte en une somptueuse salle des banquets.

Armés de pinceaux, d'encres et de couleurs, les uns dessineront sur les murs des guirlandes de lotus bleus et blancs, des bouquets de fleurs, des animaux dans les marécages, des oiseaux dans le ciel, des arbres chargés de fruits. Les autres les pareront de belles couleurs tandis que d'autres encore écriront d'élégants hiéroglyphes rappelant la puissance de Nitocris, la pharaonne Aimée des Dieux.

Tandis qu'ils travaillent, ils s'étonnent parfois d'entendre des bruits sourds non loin d'eux, des bruits qui se rapprochent de jour en jour. Pourtant, les gros travaux sont finis ! Ils ignorent qu'une poignée d'hommes creuse un canal jusqu'au Nil ! Le secret est bien gardé. Nul ne sait qui sont ces hommes, ce qu'ils font ni pourquoi ils le font.

23

La vie est amère

🪲

Chaque matin depuis la mort de Néferkarê, Nitocris se promène dans les jardins du palais. Les travaux sont finis. Le calme est revenu, les oiseaux aussi. L'aube est toujours fraîche, plaisante. Les fleurs s'épanouissent en une harmonie de couleurs. Les fruits mûrissent. Le chat du jeune prince accompagne parfois la reine dans ses promenades. Il se frotte contre ses jambes, dos rond, queue recourbée, mais rien ne parvient à adoucir sa tristesse.

Une tristesse d'autant plus grande que, jour après jour, au Conseil du Matin, son Vizir ne lui apporte que de mauvaises nouvelles.

– Majesté, de nouveaux pillages bédouins sont signalés au nord de Memphis.

– Et tu laisses les choses aller ainsi, Vizir ? s'emporte la reine ce matin-là en se redressant sur son trône d'or. Que font donc mes soldats et mes généraux ? N'ont-ils pas reçu des consignes précises.

– Bien sûr, Céleste Maîtresse du Monde.

– Les suivent-ils ?

– Oui.

– Alors, ces brigands sont donc plus forts qu'eux !

Nitocris, reine d'Égypte

— Vos généraux vous obéissent en tous points, Majesté. Votre armée s'organise, enfin se réorganise. Bientôt, elle écrasera ces rebelles.

— Bientôt ! Tu dis toujours ça et rien ne change.

— Majesté ! Ce problème ne peut se régler en un jour.

— Je sais.

— Songez, noble reine, que vous ne régnez que depuis quelques mois.

— Tu oses dire que je règne alors que les assassins de mes frères sont libres ! Mon bon Vizir, regarde la réalité en face : mon autorité ne s'étend que sur Memphis, mon palais et mes jardins. Et encore, même là, nul n'est en sécurité. As-tu oublié comment et où est mort le jeune prince ?

— Empoisonné au palais, Majesté.

— Alors ?

— Bientôt les nobles n'agiront plus comme des rois. Les paysans ne voleront plus le blé de vos greniers. Les brigands ne voleront plus les voyageurs. Les momies ne seront plus dépouillées de leurs bijoux dans leur tombe et…

— Silence, Vizir. Mon cœur frémit en t'entendant et plus encore mon cœur s'impatiente.

— Hélas, Majesté.

— Que les scribes écrivent et que les messagers royaux portent mon message par tout le royaume : je récompenserai généreusement ceux qui respecteront comme jadis leurs dieux et leur reine, décrète Nitocris. Ils recevront des terres dont les revenus les nourriront toute leur vie et leur fourniront des offrandes après leur mort.

— Majesté, votre message sera transmis et l'ordre renaîtra.

— Que les dieux t'entendent ! murmure Nitocris en prenant sa tête dans ses mains. Mais, oublions cela et allons voir l'avancement

Chapitre 23

des travaux dans la Salle des Banquets. Tu me disais hier qu'elle était presque terminée.

– Oui, ma reine, et vous serez satisfaite.

À pas rapides, la pharaonne gagne les allées ombragées du jardin. Le Vizir la suit. Oubliant le cérémonial qui accompagne les moindres mouvements d'une reine d'Égypte, Nitocris dévale le nouvel escalier et, arrivée sur la dernière marche, s'arrête, émerveillée.

– Magnifique ! s'écrie-t-elle.

Devant ses yeux éblouis, la Salle des Banquets est là : vaste, claire et gaie. Malgré une forte odeur de peinture, des serviteurs installent chaises et tabourets, supports de vases et tables basses. Nitocris va, vient, regarde, admire.

– Cette salle est comme je la rêvais. Mais, dis-moi Vizir, et parle bas, le canal est-il également achevé ? lui souffle-t-elle à l'oreille.

– Majesté, cette pierre ornée de lotus et de canards sauvages le cache. Elle retiendra l'eau aussi longtemps que nécessaire et bougera le moment venu.

– Voilà qui est bien.

– Majesté, nous vous avons simplement obéi.

– Dès demain, ordonne-t-elle, récompense en mon nom ceux qui travaillèrent ici. Sois généreux pour ces hommes et particulièrement pour le Chef des Architectes. Puis organise la plus belle des fêtes pour inaugurer cette salle. Invite ceux dont tu m'as parlé sous le kiosque du jardin. N'oublie aucun d'eux car leurs noms sont gravés en hiéroglyphes de feu au fond de mon cœur.

– Ô ma reine Aimée des Dieux, il sera fait selon vos désirs.

À cet instant, dans les yeux du Vizir, passe une immense admiration pour sa souveraine. Bien des nobles égyptiens doutaient des capacités d'une femme à gouverner. Lui, n'en a jamais douté. Il connaît son intelligence, sa puissance, sa volonté. Il songe aux grandes déesses : Isis la magicienne, Sekhmet la redoutable et bien d'autres encore.

« Ce qui est vrai au pays des dieux l'est aussi au royaume d'Égypte, conclut-il. Espérons que la douceur des temps anciens reviendra grâce à elle... »

24

Préparatifs pour le banquet

Aidé par le Chef des Scribes, le Chef des Cuisines et le Chef des Musiciens, le Vizir prépare la fête. Horkouf, l'envoyé spécial de Pharaonne, est là aussi. Les discussions sont animées, les décisions prises, les ordres envoyés. Peu à peu, arrivées à dos d'âne ou à dos d'hommes, la nourriture et les boissons s'entassent dans les cuisines de l'une des cours du palais.

Après plus d'une semaine de préparatifs, le grand jour arrive enfin.

Dès l'aube, les serviteurs et les servantes préparent la salle. Les uns balaient, essuient, frottent les coins et les recoins. Les autres installent les lampes à huile et comptent les cônes de graisse parfumée qu'ils poseront sur la tête des nobles invités comme le veut la coutume*. D'autres encore façonnent de ravissants bouquets, diadèmes ou colliers avec les fleurs cueillies dans le jardin.

Non loin de là, à la cuisine du palais, c'est l'effervescence [1] ! Dans un vacarme assourdissant, des oies et des canards plumés, enfilés sur de longues tiges, sont rôtis sur le feu. Épluchés et coupés en

---

1. **Effervescence :** terme scientifique désignant le bouillonnement provoqué par un gaz dans du liquide. Au sens figuré, comme ici, il désigne une agitation vive.

● Ces cônes parfumés vont fondre et ainsi parfumer leur chevelure, ou plutôt, leur perruque.

petits morceaux, des légumes cuisent dans de grands chaudrons. D'autres seront servis crus. Les raisins, les figues et les dattes s'amoncellent sur de larges plats de terre cuite. Contre le mur, les jarres de vin, de bière ou d'eau se cachent sous des feuilles de vigne pour conserver plus longtemps leur fraîcheur.

Attirées par ces bonnes odeurs, des mouches bourdonnent et se posent sur une oie rôtie, un gâteau moelleux ou un fruit bien mûr. Exaspérés, les cuisiniers et leurs aides les chassent d'un geste nerveux tout en surveillant les chats sauvages qui rôdent dans leurs cuisines et se servent au passage.

Pourtant, tout doit être prêt à la tombée de la nuit. Et tout sera prêt.

Le soleil se couche quand, derrière les portes closes de ses appartements, Nitocris donne à voix basse ses derniers conseils à Horkouf.

– ... La vengeance des dieux, la punition des coupables ! Tout repose sur toi, conclut-elle.

– Majesté, je suis prêt. Les assassins de Pharaon rejoindront ce soir le monde des morts, promet le fidèle serviteur la main sur le cœur.

– Bien. Maintenant, va et fais ce que tu dois. Neity ! crie la reine. Neity ! vite. Je dois me préparer.

– Me voici, ma reine, s'exclame la jeune servante qui accourt un pot de crème à la main.

Sans perdre un instant, elle masse le visage de sa maîtresse avec l'onguent parfumé. Puis, ses doigts agiles enduisent son corps. Pharaonne profite de ce rare moment de plaisir. Elle somnole presque quand Neity sort du coffre la plus belle, la plus fine, la plus élégante de ses robes de lin.

– Majesté, il n'est pas temps de dormir, mais de vous habiller.

Chapitre 24

Nitocris sursaute, enfile sa robe, ajuste les larges bretelles.

— Vous êtes merveilleuse dans cette robe de déesse ! admire Neity.

— Petite flatteuse. Une robe de déesse ? Certes non. Oublies-tu que nos déesses sont immortelles tandis que la mort rôde autour de moi. Cesse de dire des sottises, apporte mon collier d'or et de turquoise, maquille-moi et coiffe-moi !

— Majesté, j'ai cueilli ces fleurs de lotus pour les glisser dans vos cheveux, lui propose Neity en accrochant le lourd collier au cou de sa reine.

— Tu as toujours de bonnes idées, ma petite.

Enfin prête, Pharaonne vérifie l'harmonie de son maquillage et l'élégance de sa coiffure dans son miroir rond. Elle examine son visage sans complaisance[1] et, satisfaite, sourit à son reflet : elle est belle, merveilleusement belle. Une bouche bien ourlée, un nez fin, ni trop petit ni trop grand, des cheveux brillants soigneusement nattés, des yeux immenses et doux... où se lit une infinie tristesse qu'aucun maquillage ne peut dissimuler.

— Ce festin sera le plus beau des festins ! se réjouit Nitocris qui rejoint, un étrange sourire aux lèvres, la Salle des Banquets et ses chers invités.

---

1. **Complaisance** : indulgence, bienveillance. Nitocris se regarde non pour s'admirer, mais pour juger de son apparence.

25

Une soirée inoubliable

🐍

Tandis que la lune et les étoiles étincellent, calmes et tranquilles, dans le ciel sombre, loin de là, Rê le dieu Soleil navigue sur sa Barque de la Nuit. Il illumine le Monde des Morts, triste royaume d'Osiris, sans regarder ce qui se prépare sur Terre, au palais royal. De toute façon, il sait tout.

Car Rê connaît le passé et l'avenir.

Il connaît le cœur des hommes.

Il connaît le nom des assassins de Mérenrê et de Néferkarê.

Il connaît le chagrin de Nitocris qui fera justice, qui vengera ceux qu'elle a aimés et aime encore.

De part et d'autre de l'escalier menant à la Salle des Banquets, de jeunes Nubiens[1] éclairent les marches avec des torches enflammées. Noirs de peau sous leurs cheveux crépus, ils commentent à voix basse ce qu'ils voient, en nubien, la langue de chez eux. Arrivés au palais il y a peu de temps, tout ce qui s'y passe les amuse. Ils ont vite appris l'égyptien, la *langue des dieux* leur a-t-on dit. Serviteurs soumis mais curieux, ils écoutent les conversations des invités qui descendent en riant l'escalier sans les voir.

– Il y aura certainement du bon vin, se réjouit l'un d'eux.

---

1. **Nubiens** : habitants de la Nubie, région située au sud de l'Égypte.

Chapitre 25

— Et de la bière, car vois-tu, je préfère la bière plus rafraîchissante par cette chaleur.

— Pas de soucis. Nous pourrons goûter aux deux ! Et c'est notre pharaonne qui invite...

Certains se réjouissent à l'idée de cette fête, d'autres y vont par obligation, mais tous trouvent ridicule l'idée de creuser une salle des banquets au lieu de simplement la bâtir.

— Ridicule comme tout ce que fait la pharaonne, précisent-ils en riant.

Bientôt, tous les invités sont là, plus élégants les uns que les autres, parfums délicats et bijoux merveilleux, coiffures soignées et vêtements de lin fin. Assis sur des chaises ou des tabourets selon leur rang, les hommes d'un côté, les femmes de l'autre, ils se sourient, se saluent comme il convient de le faire, bavardent.

— Cela ressemble au caveau d'une tombe, s'amuse l'un d'eux.

— Il ne manque que le sarcophage, s'esclaffe son voisin.

— La décoration est cependant réussie. Il faut le reconnaître...

Tout à coup, divinement belle, leur pharaonne entre dans la salle.

Silence.

Tous se prosternent devant elle. Le front sur le sol, ils attendent la permission de se relever. Nitocris les salue d'un léger sourire qu'ils ne voient pas, s'assied sur la plus belle des chaises, pose ses pieds sur un adorable tabouret bas et leur dit d'une voix charmante :

— Asseyez-vous mes amis et que la fête commence ! Allons, musiciens et danseuses, réjouissez nos cœurs. Que l'on nous serve à boire et à manger.

De jeunes servantes apportent aussitôt à leur reine et à ses nobles invités de l'eau pour se laver les mains. Tandis que des musiciens jouent de la flûte et du tambourin, des danseuses évoluent gracieusement au centre de la salle.

En un continuel va-et-vient, serviteurs et servantes passent et repassent entre les convives proposant rôtis, légumes, fruits, gâteaux au miel, pains fourrés aux dattes, vin, bière...

Les invités mangent, boivent, bavardent, rient.

Les musiciens jouent. Les danseuses dansent. Le vin et la bière coulent à flots.

Tout à coup, un petit homme à la peau noire et aux cheveux crépus se glisse parmi les danseuses : c'est le Pygmée qui devait amuser Néferkarê, le jeune prince empoisonné. Il danse merveilleusement bien. À sa vue, la gorge de Nitocris se noue. Ses yeux se voilent de tristesse, s'emplissent de larmes, mais personne ne remarque la terrible lueur qui y brille.

Les heures passent vite.

Après avoir réjoui les convives, le Pygmée est sorti se reposer avant de revenir pour exécuter des danses plus extraordinaires encore.

Tout en écoutant d'une oreille distraite les bavardages incessants de ses invités, Nitocris scrute leurs visages, s'étonne de leurs sourires, tente de les comprendre.

« Comment ont-ils pu tuer mes frères ! songe-t-elle. Face à moi, ils semblent amicaux, respectueux... inoffensifs. Les traîtres ! »

Les servantes posent de nouveaux cônes de graisse parfumée sur les cheveux des invités, glissent des fleurs fraîches dans leurs cheveux. Elles passent et repassent offrant rôtis, légumes, fruits, gâteaux au miel, pains fourrés aux dattes, vin, bière...

– Comme il fait chaud, gémit soudain la reine. Ce vin me tourne la tête. Ce n'est rien, mes amis, un léger malaise... Je désire

CHAPITRE 25

profiter, oh, rien qu'un instant, de la fraîcheur de la nuit... Vizir, accompagne-moi.

– Bien entendu, Majesté.

Dans le doux froufrou de sa robe de lin, Pharaonne sort de la Salle des Banquets. Elle gravit l'escalier éclairé par les serviteurs nubiens et s'éloigne dans les jardins royaux en compagnie du Vizir.

Personne ne voit le sourire cruel de la reine se promenant sous les palmiers-doum et les sycomores. Le cœur réjoui, elle admire les fleurs closes, les canards endormis près du bassin. Elle entend les miaulements déchirants d'un chat en colère, le chuintement[1] étrange d'un vol de chouette, le couinement lointain des chauves-souris.

Silencieux, légèrement inquiet, comme toujours, le vizir la suit.

Indifférents au départ de leur reine, engourdis par le vin et la bière, les nobles invités mangent, boivent, bavardent, plaisantent, chantent, réclament de nouveaux desserts et surtout du vin, le meilleur du pays d'Égypte.

Les musiciens jouent. Les danseuses dansent. Le vin et la bière coulent à flots.

---

1. **Chuintement** : son qui rappelle la prononciation de « ch ».

26

La fureur des eaux

🌿

— Ma reine dans les jardins, voilà le signal ! marmonne Horkouf qui patiente depuis des heures près d'un bosquet d'acacias.

Son regard sombre et son visage tiré révèlent l'excitation mêlée d'angoisse de son cœur. Il attend depuis si longtemps que justice soit faite.

Ancien soldat, Horkouf a le cœur pur et l'âme droite : pour lui, tout Égyptien doit aimer et respecter les dieux, les déesses et les pharaons... Alors ces rebelles, ces révoltés, ces voleurs et ces assassins ne méritent que la mort. Une mort qu'il souhaite atroce pour ceux qui osèrent tuer, non seulement un prince, mais un enfant !

Horkouf n'a jamais eu d'enfants et il le regrette.

Comme il aimait entendre les rires de Néferkarê lorsqu'il jouait avec son chaton, affolait les canards en agitant les bras, détournait des colonnes de fourmis de leur chemin ou jouait à cache-cache avec Nitocris.

« Ils doivent rejoindre le sombre royaume d'Osiris ! Leur heure est venue », conclut-il.

Une torche enflammée à la main, Horkouf court maintenant vers le passage secret, enlève des paniers et une corde dissimulant une trappe qu'il soulève aussitôt. Un puits s'ouvre devant lui.

Chapitre 26

Comme tout bon soldat, pendant l'action, il n'a jamais peur. Sans hésiter, il attache l'une des extrémités de la corde autour d'un palmier, noue l'autre bout à sa taille, se penche. Comme prévu, une échelle de bois l'attend dans le puits. Il est seul. Personne ne le voit. Tout va bien. La torche à la main, Horkouf pose avec précaution un pied sur le premier échelon de l'échelle qui craque sous son poids. Il descend doucement, tirant sur sa corde dans l'obscurité. Arrivé au fond du puits, il suit un étroit couloir qui s'enfonce en pente douce dans les profondeurs de la Terre.

Courbé, pieds nus, Horkouf avance à petits pas, déroulant sa corde. Son cœur bat vite. Ses mains sont moites. Il a chaud. Pas un souffle d'air. Des trous, des pierres oubliées... Il trébuche.

« Si je tombe, tout est perdu et ce couloir deviendra mon tombeau », se dit-il.

Il s'arrête un instant pour essuyer son visage en sueur, calme sa respiration, écoute. L'eau du canal est là, tout près. Il l'entend murmurer, clapoter, menacer, gronder.

Encore quelques pas et voici, en contrebas, le canal.

Le courageux Horkouf entre dans l'eau qui lui monte jusqu'aux cuisses. Il avance péniblement. Son pagne lui colle à la peau. Gorgée d'eau, sa corde alourdie le gêne. Ses pieds butent contre des cailloux. Il glisse. Mais rien ne l'arrête. Il marche toujours faiblement éclairé par sa torche qu'il brandit bien haut pour ne pas la mouiller. Sans elle, il serait perdu dans ce monde de ténèbres.

– Encore quelques mètres et j'y suis ! dit-il pour s'encourager.

Sa voix résonne dans le silence. Enfin, il aperçoit la pierre qui ferme le canal souterrain. Sur la droite, la niche creusée dans la paroi, juste au-dessus du niveau des eaux, le rassure. Il s'en approche, prend son élan et s'y assied. Le voilà à l'abri. Mouillé, mais à l'abri. Il restera là pour ne pas être emporté par le courant le

Nitocris, reine d'Égypte

moment venu. Après avoir bloqué sa torche avec quelques pierres, il cherche du regard l'énorme levier qui fera basculer la pierre. Il est là comme prévu. Recroquevillé dans sa niche, Horkouf vérifie une dernière fois la solidité de sa corde qui, quand tout sera fini, lui permettra de marcher à contre-courant jusqu'au couloir et à l'échelle.

– Ô Maât, déesse de la Justice et de la Vérité, viens ! prie-t-il en abaissant le levier des deux mains.

La lourde pierre grince, bouge un peu, un tout petit peu, et, soudain, bascule.

Alors, en un bruit effroyable, l'eau du canal, enfin libre, s'engouffre dans la Salle des Banquets. Elle court, bouillonne, tourbillonne, renverse tout sur son passage.

Les nobles invités n'ont pas le temps de comprendre ce qui se passe que déjà l'eau leur arrive aux genoux.

Ils se précipitent vers la sortie, se bousculent, glissent, tombent, tentent de se relever, appellent à l'aide. Ils titubent, hurlent, menacent. La tête leur tourne. Leurs gestes sont lents, maladroits, engourdis par le vin et la bière.

L'eau leur arrive au ventre. Plus rapides et plus lestes, indifférents à leurs hurlements et à leurs pleurs, les serviteurs, les servantes, les danseuses et les musiciens se précipitent dans l'escalier qu'ils gravissent à toute allure. Sauve qui peut ! Chacun pour soi !

Le niveau de l'eau monte à une vitesse folle. Dans la merveilleuse Salle des Banquets, tous les coups sont permis. Les Grands d'Égypte se tapent, se poussent, se battent avec rage. Ils trébuchent sur des chaises renversées, des jarres brisées, des coupes et des plats. Certains tombent et disparaissent dans l'eau sans que personne ne les aide à se relever. D'autres marchent sur des corps sans vie. Des

Chapitre 26

fleurs flottent autour d'eux. Les lampes et les torches s'éteignent l'une après l'autre. L'obscurité gagne.

– Au secours ! à l'aide ! crient-ils mouillés jusqu'à la poitrine.

Ils supplient, pleurent, hurlent des injures. Ils glissent, se relèvent, glissent à nouveau et, l'un après l'autre, disparaissent dans les flots.

Silence.

27

Le temps des adieux

🌿

Tremblants dans leurs vêtements mouillés, serviteurs, servantes, danseuses, Pygmée et musiciens restent hébétés en haut de l'escalier.

– Majesté, Majesté ! crient-ils en apercevant leur pharaonne se promenant sous les palmiers-doum et les sycomores. Il y a de l'eau partout... des morts... des...

– Du calme, voyons, du calme, commande la reine en cachant difficilement sa joie. Gardes ! Gardes ! Vite. Vizir, occupe-toi de tout et sauve ceux qui doivent être sauvés !

Cela dit, ravie de constater la réussite de son plan, Nitocris regagne ses appartements. Elle y attendra le retour rapide de son fidèle Horkouf qui doit lui raconter tout ce qu'il a fait, tout ce qu'il a vu et entendu.

Elle marche d'un pas léger dans les couloirs du palais. Ses cheveux frémissent sur ses épaules. Sa longue robe de lin flotte dans la brise de la nuit, un délicieux petit vent du nord. Son cœur explose de bonheur, mais aussi de la fierté du devoir accompli car la pharaonne d'Égypte doit faire régner l'ordre et la justice. Elle le devait. Elle l'a fait. Les assassins et leurs complices sont punis.

De retour dans ses appartements, la reine n'attend pas longtemps Horkouf. À peine a-t-elle ôté le diadème de fleurs et d'or qui

Chapitre 27

orne ses cheveux qu'il arrive, l'œil brillant d'excitation, le pagne et les cheveux encore mouillés.

– Majesté, tout s'est passé selon vos désirs, annonce-t-il fièrement. J'ai actionné le levier, la pierre a basculé et les eaux se sont engouffrées dans la salle. Pour ne pas être emporté par le courant, je me suis recroquevillé dans ma niche et j'ai écouté...

– Continue, l'encourage Nitocris.

– À mes pieds, ma reine, les flots déchaînés grondaient. Un bruit terrible comme un orage. Des hurlements désespérés. Peu à peu, les eaux se sont calmées, plus de cris, plus de pleurs...

– Mérenrê et Néferkarê sont vengés, leurs assassins punis !

– Alors, j'ai quitté ma niche et marché, à contre-courant, jusqu'à l'échelle en m'aidant de ma corde, poursuit Horkouf. Arrivé dans le jardin, j'ai refermé la trappe, l'ai cachée sous les paniers avant de venir vous rendre compte de ma mission, noble reine Aimée des Dieux.

– L'ordre de Maât est rétabli ! L'ordre du monde revenu... Maintenant, laisse-moi.

– Majesté.

– Que la nuit te soit douce Horkouf et n'oublie pas de garder le secret, le secret absolu, sur ce que tu viens de vivre.

Fier d'avoir agi en bon Égyptien, fidèle à ses dieux et à ses pharaons, le fidèle serviteur se retire à reculons.

Cette nuit, il espère dormir sereinement car, depuis la mort de Mérenrê, nuit après nuit, il rêvait de son roi tel qu'il l'avait vu dans le fond de la barque, mort, ruisselant de sang. Chaque fois, il se réveillait, épouvanté, le cœur battant et, de peur que le cauchemar ne recommence, il se levait attendant les premières lueurs du jour assis sur sa natte.

Quant à la reine, heureuse comme elle ne l'a pas été depuis de longs mois, elle s'allonge sur son lit, glisse un coussin sous sa tête et écoute, d'une oreille attentive, les éclats de voix qui montent du jardin, les bruits de pas précipités, les cris.

— Les gardes cherchent-ils les cadavres de ces malheureux ? demande-t-elle à Neity qui entre dans sa chambre, une jarre d'eau fraîche sur la tête.

— Majesté, je suis passée près de l'escalier menant à la Salle des Banquets et... Là-bas...

— Oui ?

— Ma reine, on raconte qu'aucun de vos invités n'a réussi à sortir. Ils sont tous morts. Noyés ! précise la jeune servante d'une voix calme.

— Quelle triste nouvelle. Vraiment, quel horrible malheur ! ricane Nitocris en s'étirant.

— Le soleil va bientôt se lever, Majesté, et vous n'avez pas dormi.

— Vois-tu, je n'ai aucune envie de dormir. Dormir une nuit pareille ! Tu n'y penses pas. Apporte-moi mon coffret d'ébène. Vite.

Avant de l'ouvrir, Nitocris caresse le bois sombre aux fines incrustations d'ivoire. Rêveuse, elle soulève le couvercle, en sort quelques bijoux, pris au hasard. Elle admire ce ruissellement d'or et d'argent incrusté de turquoise, cornaline, lapis-lazuli, ivoire ou améthyste[1]. Perles rondes ou en forme de gouttes, fins bâtonnets et chaînes précieuses forment diadèmes, colliers, pendentifs, bracelets... Les orfèvres[2] du royaume d'Égypte créent des merveilles.

La reine hésite un long moment, puis choisit parmi tant de beautés l'un de ses bracelets d'or rehaussé de lapis-lazuli bleu sombre.

---

1. **Améthyste** : pierre précieuse de couleur violette.
2. **Orfèvres** : artisans qui fabriquent des objets décoratifs en métaux précieux.

Chapitre 27

– Tiens, ma petite, prends-le.

– Pourquoi, ma reine ? s'étonne Neity en rougissant de plaisir.

– Prends-le. C'est un ordre et donne ce collier d'or à Horkouf. Vous m'avez toujours été fidèles.

– Merci, mille fois merci, bégaie la jeune servante en glissant à son bras le bracelet. Il est si beau ! Vie, Santé et Force, Majesté ! Vie, Santé et Force pour des milliers d'années !

– De quelle vie parles-tu ? soupire la reine, le rire a disparu de mon palais et, dans mon royaume, le malheur règne en maître. Mon peuple se rebelle. On vole, on pille, on tue. Ah ! comme la mort me semblerait douce face à tous ces drames. Là-bas, dans l'au-delà, je retrouverai Mérenrê et Néferkarê si chers à mon cœur...

– La mort vient à son heure, Majesté.

– Va-t-en, Neity ! Préviens le Vizir que je veux le voir, demain, dans la Salle du Trône.

– Ma reine, le bonheur reviendra. On honorera de nouveau les dieux. On obéira à Votre Majesté. Les bateaux navigueront sur le fleuve. Les hommes bâtiront des pyramides, creuseront des étangs, cultiveront les champs, planteront des arbres, attraperont des oiseaux, soigneront les bêtes, pêcheront des poissons. La joie sera dans toutes les maisons ! La...

– Et les orfèvres feront de beaux bijoux ? s'amuse Nitocris... Chut, ma petite. Laisse-moi. Je dors déjà.

28

Mourir deux fois

Ce matin, le soleil semble plus brillant, les oiseaux plus joyeux, les fleurs plus parfumées : Nitocris a merveilleusement bien dormi. Peu mais bien. Pour le moment, elle n'a pas envie de se lever. Elle savoure l'instant présent. Elle songe à Mérenrê, à Néferkarê, à la volonté des dieux. Elle sait qu'elle risque toujours de mourir, comme eux, aujourd'hui ou demain, transpercée par une flèche ou empoisonnée. Elle n'a pas peur. Elle n'a plus peur. Elle a fait ce qu'elle devait et compte bien continuer.

– Encore et toujours agir selon Maât pendant quelques jours ou quelques années, se dit-elle. Neity ! Ma robe, mes parfums, mes bijoux ! réclame-t-elle soudain.

Bientôt, ses longs cheveux noirs ornés d'un diadème d'or, Nitocris se dirige d'un pas décidé vers la Salle du Trône escortée par sa garde personnelle. Elle est merveilleusement belle, comme toujours, gestes gracieux, peau claire et taille fine.

La lance à la main, ses gardes ouvrent pour elle puis referment les lourdes portes de la salle où le Vizir l'attend. Enveloppant d'un regard bienveillant l'homme prosterné, Nitocris s'assied sur son trône d'or. Un silence impressionnant les enveloppe. Au loin, dans les jardins du palais, un vent chaud agite palmiers-doum, figuiers et acacias.

Chapitre 28

– Relève-toi, ordonne-t-elle d'une voix douce à son Vizir, et raconte-moi ce que tu as fait cette nuit après mon départ. Je veux tout savoir.

– Majesté, j'ai agi selon vos ordres et...

Le récit du Vizir est aussi long que précis. Il est épuisé. Toute la nuit, il a dirigé les soldats qui cherchaient les corps des Grands d'Égypte dans la Salle des Banquets. Il les a fait porter dans la Maison de Purification du temple, à la lisière du désert de l'Ouest, où les prêtres, un encensoir à la main, ont brûlé de l'encens jusqu'à l'aube. Certains osèrent le questionner. Il n'a rien répondu gardant le silence, un silence menaçant.

– Désormais, ma reine, tous les morts reposent là-bas. Il ne reste que de l'eau dans la salle des banquets.

– Vizir, tu as bien agi et je te récompenserai comme tu le mérites.

– Majesté.

– Maintenant, pour que tout soit comme il convient, car cette simple mort par noyade est une fin trop douce pour ces assassins, je veux qu'ils meurent une seconde fois. Pour cela j'exige... J'exige, m'entends-tu ?

– Oui, ma reine.

– J'exige qu'ils ne soient ni momifiés ni enterrés. Je veux que leurs tombes inutiles soient détruites et que leurs noms soient effacés de tous les documents officiels, les monuments, leurs objets petits et grands, leurs bijoux, partout...

Les joues en feu, Nitocris s'arrête un instant avant de poursuivre.

– Vizir ! Si leurs noms ne peuvent être facilement effacés, modifie-les ! Que celui qui s'appelait *l'Aimé de Rê* se nomme désormais *Rê le hait*, *Mauvais dans Memphis* ou *le Démon*. Peu m'importe.

– Oui, ma reine.

– J'ordonne de jeter, dès ce soir, leurs corps dans les eaux sombres du Nil pour que les crocodiles les dévorent !

– Majesté, vous serez obéie. Sans nom, sans momie et sans tombe, ces meurtriers seront doublement morts.

– Je veux que leurs enfants, tous leurs enfants, soient envoyés dans les mines du désert, poursuit sauvagement Nitocris. Qu'ils travaillent là-bas sous un soleil de feu et... qu'ils y restent. Qu'on leur donne les travaux les plus durs.

– Certainement, approuve le Vizir.

– Enfin, conclut-elle en se levant soudain de son trône d'or, note mes paroles et fais-les graver dans la pierre par tes meilleurs scribes... Note donc, Vizir, allons : « En l'an I du règne de Mérenrê, les bienfaits que Mérenrê fils de Pépi, leur roi, fit pour les Grands d'Égypte alors qu'ils travaillaient au palais royal, furent nombreux. Pharaon leur assura la nourriture, les nomma à des postes importants et accomplit pour eux tous les bienfaits du monde. Or ces traîtres payèrent d'ingratitude sa bonté et sa protection. Ils complotèrent contre lui et l'assassinèrent. » Que cela soit écrit !

La voix de Nitocris ne résonne plus dans la Salle du Trône. Le Vizir attend, en silence. Il attend longtemps. Puis, d'un simple signe de la main, la reine lui faisant signe de s'éloigner, il s'agenouille, se prosterne comme il se doit. Son pagne de lin tendu sur son bon gros ventre, ses bracelets d'or étincelant à ses poignets, son matériel de scribe sous son bras, il se retire à reculons, pressé de satisfaire sa reine, heureux de la servir.

29

La mort n'est pas pour demain

La nuit est tombée sur Memphis depuis longtemps déjà, pourtant Nitocris ne dort pas. Elle s'allonge, se tourne et se retourne sur son lit, se lève, regarde par la fenêtre, se recouche. Il fait si chaud. Seule, mais presque heureuse maintenant que les traîtres sont châtiés, elle a envie de vivre.

En attendant le sommeil, elle fouille dans son coffret à bijoux, joue avec ses colliers et ses bracelets, croque quelques grains de raisin, boit une coupe d'eau fraîche et s'allonge à nouveau sur son lit. Par la fenêtre, elle admire les étoiles scintillant dans le ciel sombre et tente de les compter pour s'endormir.

– Une étoile, deux étoiles, trois étoiles... vingt étoiles... vingt-six étoiles... quarante étoiles... Ô pourquoi le sommeil ne m'obéit-il pas ? s'exclame-t-elle furieuse.

Dans le silence de la nuit, seul le vent lui répond.

– Ô dieux et déesses d'Égypte ! Aidez-moi. Que faire pour dormir ?

Une petite brise agite les arbres du jardin. Tout dort, les hommes comme les bêtes. Tous sauf elle. Soudain, l'épouvantable braiment[1] d'un âne retentit au loin.

---

1. **Braiment** : cri de l'âne.

Nitocris, reine d'Égypte

– Seul l'âne répond à la reine d'Égypte ! remarque Nitocris en éclatant de rire. Triste époque...

Tout en parlant, Pharaonne retape son coussin pour la dixième fois, le cale sur l'appui-tête en forme de dieu Bès● et s'allonge sur son lit.

– Ô Bès, bon génie protecteur ! Toi qui éloignes les cauchemars, donne-moi le sommeil ! implore Nitocris.

Aussitôt, une terrible envie de dormir l'envahit.

– Les dieux sont avec moi comme le jour où je me suis couronnée de la Double Couronne, murmure-t-elle. Demain... dans la Salle du Trône, je prendrai des... mesures efficaces contre... les Bédouins... et... contre...

Ses paupières se ferment. Son corps se détend. Ses pensées se brouillent. Son cœur s'apaise. La reine s'endort.

« ... *Et depuis cet instant, tout va bien.*

Nitocris, première pharaonne d'Égypte est obéie par tous, même par le sommeil ! Assise sur son trône d'or, elle reçoit jour après jour les hommages de ses sujets. Elle ordonne, elle juge, elle règne. Les moissons sont bonnes, le bétail nombreux, les serviteurs obéissants, les guerres victorieuses, les voleurs punis, la nourriture excellente... et les Bédouins restent dans le désert... »

Est-ce un rêve envoyé par les dieux ou la réalité ?

Nitocris a-t-elle vraiment rétabli l'ordre ? A-t-elle vraiment régné sur le beau royaume d'Égypte ?

Qu'importe.

● Bès est un génie protecteur, un nain disgracieux et grimaçant qui éloigne les mauvais esprits, protège les femmes enceintes et les nouveau-nés.

Chapitre 29

Bien plus tard, au jour de sa mort, Nitocris rejoindra les déesses et les dieux immortels sur les vapeurs d'encens ou les tourbillons de sable soulevés par les vents. Elle s'envolera transformée en bel oiseau. Elle gravira les rayons pétrifiés du soleil ou la pente d'une pyramide, l'échelle merveilleuse, l'escalier magique. Elle traversera le lac aux contours sinueux. Elle rejoindra Mérenrê et Néferkarê dans le Champ des Roseaux.

– Que mes messagers partent aux quatre coins de l'horizon pour annoncer la bonne nouvelle : la victoire de la reine sur la vie et sur la mort ! ordonnera Rê le dieu Soleil.

Dès lors, Nitocris, la pharaonne, vivra pour l'éternité !

Postface

La reine Nitocris a vraiment existé

🐍

Aujourd'hui encore, les historiens connaissent fort peu de choses de cette reine qui aurait régné six ou douze ans. Aucun texte de l'époque n'en parle, aucun monument ou objet à son nom n'a été découvert à ce jour.

Pourtant, écrits plusieurs siècles après sa mort, de vieux textes racontent des choses étonnantes sur la reine Neithikerty, appelée Nitocris par les Grecs.

Vers 300 av. J.-C., dans un temple du nord de l'Égypte, le prêtre égyptien Manéthon en parle. Ce savant connaît aussi bien les hiéroglyphes que le grec, langue qu'il utilise pour écrire. Il s'intéresse tant à l'histoire de l'Égypte qu'il redécouvre les noms d'anciens pharaons, les classe siècle par siècle, et les regroupe en dynasties[1]. Il parle de la reine Nitocris et lui attribue, à tort, la construction d'une pyramide (celle du roi Mykérinos) où elle fit simplement d'importantes réparations.

Bien avant Manéthon, dans les années 450 av. J.-C., le Grec Hérodote parle déjà de Nitocris. Pendant des mois, ce reporter infatigable visite l'Égypte notant tout ce qu'il voit, tout ce qu'on lui raconte, comme un journaliste d'aujourd'hui. Si l'on en croit

---

1. **Dynastie** : succession de rois appartenant à une même famille.

POSTFACE

les écrits de ce voyageur avide de connaissances, la reine Nitocris, aurait vengé son frère assassiné en noyant ses meurtriers dans la salle où ils festoyaient.

> *« Les prêtres m'ont cité, d'après un livre,* écrit Hérodote[●]*, les noms de trois cent trente autres rois. Dans cette longue suite de générations, il y avait dix-huit Éthiopiens, et une femme d'origine égyptienne ; les autres étaient tous des hommes et des Égyptiens. La femme qui régna s'appelait Nitocris...*
>
> *Cette reine m'ont dit les prêtres, voulut venger son frère, le roi précédent, tué par ses sujets qui l'avaient ensuite prise elle-même pour souveraine, et, pour le venger, fit périr par ruse un grand nombre d'Égyptiens. Elle fit construire une salle souterraine immense et, sous prétexte de l'inaugurer – mais son dessein était tout autre –, elle invita les principaux responsables du meurtre de son frère et leur offrit un grand banquet ; en plein festin, elle déchaîna sur eux les eaux du fleuve, amenées par un long conduit secret... »*

À partir de cette légende et de tout ce que l'on sait sur la vie et les pensées en Égypte à cette époque-là, j'ai tenté de faire renaître les derniers jours de l'Ancien Empire égyptien avec Nitocris, la belle pharaonne au teint clair.

Viviane Koenig, *Nitocris, reine d'Égypte,*
© Librairie Générale Française, 2009.

[●] Hérodote, *L'Enquête*, livre II, § 100, collection Folio, 1985.

Généalogie de Nitocris

❦

VIe dynastie

Le pharaon Téti (vers 2321-2289 av. J.-C.).
Le pharaon Ouserkarê (vers 2289 av. J.-C.).
Un usurpateur.
Le pharaon Pépi Ier (vers 2289-2247 av. J.-C.), fils de Téti.
Le pharaon Mérenrê Ier (vers 2247-2241 av. J.-C.), fils aîné du roi précédent. Il monte enfant sur le trône (sa mère était peut-être régente au début de son règne) et meurt jeune.
Le pharaon Pépi II (vers 2241-2148 av. J.-C.), demi-frère du roi précédent. Il monte sur le trône à dix ans, sa mère assumant la régence. Il meurt centenaire après un règne de quatre-vingt-quatorze ans au cours duquel il perd progressivement le contrôle du pays.
Le pharaon Mérenrê II (vers 2148-2146 av. J.-C.), fils aîné de Pépi II, accède au trône dans une période de troubles et règne très peu de temps.
La pharaonne Nitocris (vers 2146-2140 av. J.-C.), règne six ou douze ans (?) dans une période de troubles.

Fin de la VIe dynastie

GÉNÉALOGIE DE NITOCRIS

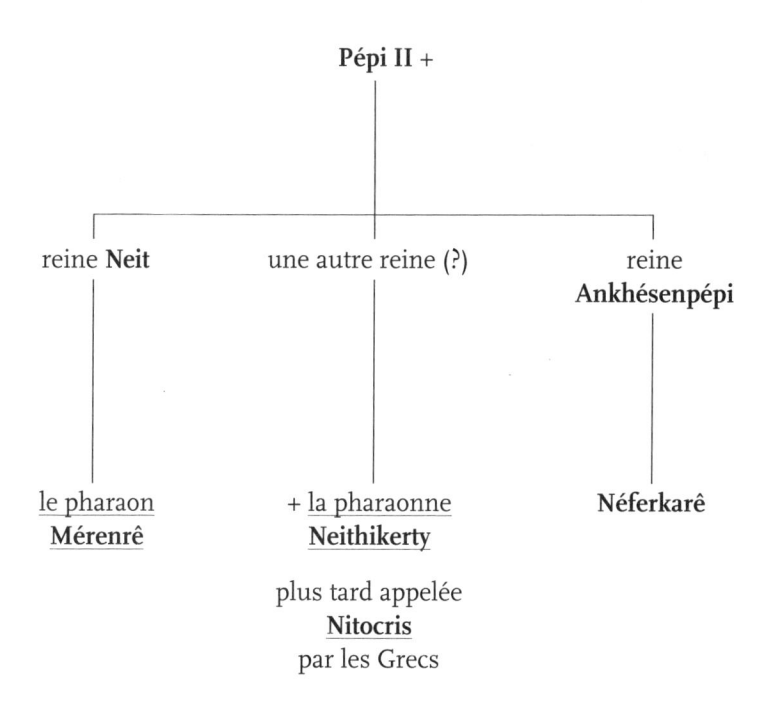

Pépi II +

reine **Neit**	une autre reine (?)	reine **Ankhésenpépi**
le pharaon <u>Mérenrê</u>	+ <u>la pharaonne</u> **Neithikerty**	**Néferkarê**

plus tard appelée
Nitocris
par les Grecs

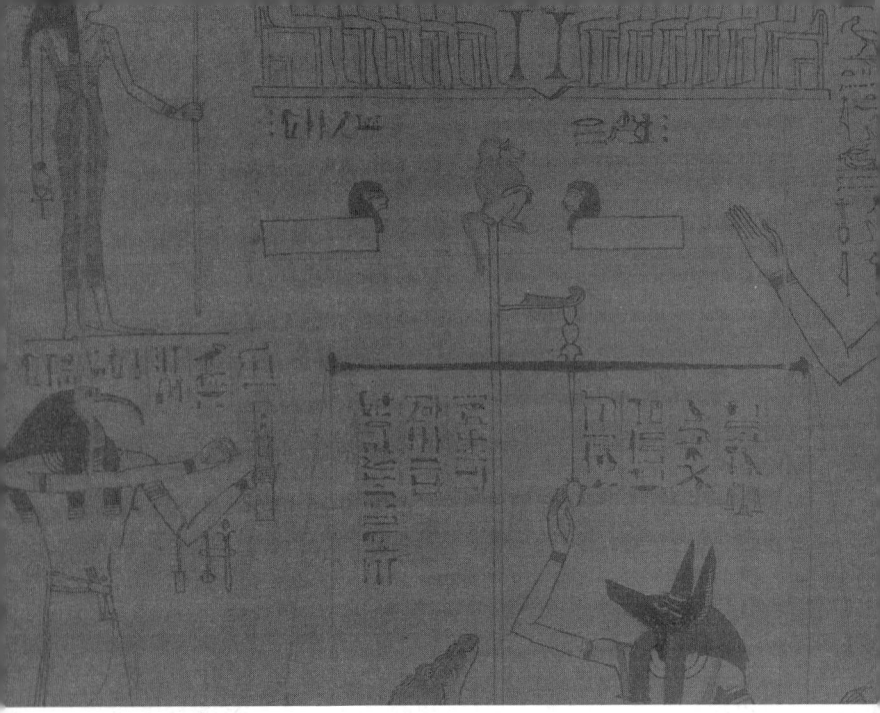

« La Pesée de l'âme », recueil du Livre des Morts, Londres, British museum.

LE DOSSIER

Nitocris, reine d'Égypte
Un roman historique sur l'Égypte antique

REPÈRES
Qu'est-ce qu'un roman historique ? **114**
Pourquoi l'Égypte antique fascine-t-elle tant ? **116**

PARCOURS DE L'ŒUVRE
Étape 1 : Lire le premier chapitre d'un roman historique **118**
Étape 2 : Analyser la métamorphose de l'héroïne **120**
Étape 3 : Étudier un aspect important de la culture
de l'Égypte antique : la momification......... **122**
Étape 4 : Identifier le suspense dans un récit à énigme.. **124**
Étape 5 : Étudier une scène de complot **126**
Étape 6 : Analyser la progression du récit **128**
Étape 7 : Étudier le dénouement **130**

TEXTES ET IMAGES
L'Égypte des pharaons : regards du XIXe et du XXe siècle.... **132**

Nitocris, reine d'Égypte

Qu'est-ce qu'un roman historique ?

Les récits historiques sont un mélange de vérité historique et d'invention. Ils peuvent relever de différents genres : romans, nouvelles, contes, journal de voyage. Mais le roman est sans doute celui qui permet de mêler le plus facilement la fiction et l'information documentaire (cf. Petit lexique p. 150).

● LES ORIGINES DU GENRE

Le roman historique est apparu à la fin du XVIIe siècle avec comme principal auteur, en France, Madame de Lafayette. Son roman, *La Princesse de Clèves*, connaît un succès retentissant. L'action se passe au XVIe siècle, à la cour des Valois sous Henri II.

Au XIXe siècle, l'auteur britannique Walter Scott remporte lui aussi un grand succès avec son roman *Ivanhoé*, qui met en scène un héros du Moyen Âge. Cet auteur aura une influence déterminante sur de nombreux écrivains : Victor Hugo et Alexandre Dumas notamment lui ont rendu hommage.

● LES SOURCES D'UN ROMAN HISTORIQUE

L'auteur d'un roman historique se documente précisément sur la période où il situe son action. Le roman historique doit proposer un univers crédible* du point de vue de la chronologie, des événements, des personnages, etc.

Parfois, l'auteur est historien ou spécialiste de l'époque de son roman.

● VÉRITÉ ET INVENTION

Un roman historique mêle donc deux types de récits qui peuvent paraître opposés :
– d'une part le récit de l'histoire, qui est scientifique et qui tente de restituer une vérité ;
– d'autre part le récit inventé du roman, qui provient de l'imagination de l'auteur.
Ce type de roman cherche à dépayser* le lecteur par l'évocation d'une période passée et de *lieux* peu familiers.

C'est le cas du Proche-Orient évoqué dans Nitocris.

REPÈRES

● LES DESCRIPTIONS

Le roman historique est riche en descriptions. Il se doit d'apporter des précisions sur les lieux afin de créer un décor vivant. Le romancier apporte ainsi un soin particulier à la description des villes, des habitations ou des paysages.

L'évocation de la vie quotidienne est également essentielle dans l'écriture du roman historique. On y découvre les activités des personnages, leurs tenues vestimentaires, leurs goûts en matière de nourriture. Tous ces détails vont donner au lecteur l'impression de partager la destinée de personnes réelles et non de lire un livre d'histoire.

● LES PERSONNAGES

Les héros des récits historiques peuvent être réels, mais ils sont le plus souvent inventés.
– Même s'ils sont réels, l'auteur doit effectuer un important travail de création en prêtant des émotions et des paroles à ces personnages.
– Mais l'auteur peut également créer un héros et le placer aux côtés de personnages historiques.
Quelle que soit la solution choisie par le romancier, l'une des caractéristiques du roman historique est de faire se rencontrer des personnages ayant réellement existé et d'autres créés par l'auteur.

● LE RÉCIT

Certains romans historiques *créent* le thème sur lequel repose l'histoire.

D'autres, au contraire, partent d'un événement *réel* et inventent une histoire qui va faire apparaître des personnages de fiction.

CRÉATION DU THÈME
La Guerre du feu *de J. H. Rosny, où deux tribus préhistoriques s'affrontent pour la possession du feu en est un exemple.*

ÉVÉNEMENT RÉEL
On peut citer les Trois mousquetaires *d'Alexandre Dumas.*

Nitocris, reine d'Égypte

Pourquoi l'Égypte antique fascine-t-elle tant ?

La période de l'Antiquité égyptienne fascine les Européens depuis de nombreux siècles. Les pharaons, les pyramides et les hiéroglyphes ont intéressé les savants, mais ont aussi servi de toile de fond à de nombreux récits.

- **LA CAMPAGNE D'ÉGYPTE ET L'ÉGYPTOMANIE**

> **Qu'est-ce que « l'égyptomanie » ?**
>
> *L'égyptomanie est la fascination pour la culture et l'histoire de l'Égypte antique.*
> *L'égyptomanie a pris naissance immédiatement après la période pharaonique, mais le mot, qui date du XIXe siècle se réfère plus particulièrement au regain d'intérêt pour la terre des pharaons à partir de la campagne d'Égypte conduite par Bonaparte de 1798 à 1801.*

Les Européens commencent à s'intéresser à l'Égypte antique dès le XVIe siècle, mais c'est avec l'expédition de Napoléon Bonaparte en 1798 que cet intérêt va prendre une ampleur sans précédent.
Éloigné de Paris par les membres du Directoire qui craignent sa renommée croissante, Napoléon est alors nommé à la tête d'une expédition en Égypte en mai 1798. Il contrôle rapidement le pays après sa victoire à la bataille des Pyramides (21 juillet 1798) et libère l'Égypte du joug mamelouk. Il tente alors de réorganiser le pays et de réformer les finances et la justice avec les méthodes administratives françaises. Mais la défaite de la flotte française à la bataille d'Aboukir en août 1798 contre l'amiral anglais Nelson oblige Napoléon à se retirer en Syrie, avant de finalement regagner la France en octobre 1799. Il y règne en effet une grande confusion après la défaite du Directoire en Italie.

REPÈRES

Qu'est-ce que « l'égyptologie » ?

L'égyptologie est l'étude scientifique qui s'intéresse spécifiquement à l'Égypte ancienne et qui couvre les périodes pré-pharaoniques et antiques.

- **L'ÉGYPTOLOGIE**

Lors de sa campagne d'Égypte, Napoléon se fait accompagner par une solide équipe scientifique composée d'historiens, de botanistes et de dessinateurs. Le spécialiste des antiquités, Vivant-Denon, fait partie du voyage et publiera à son retour un livre, *Voyage dans la Basse et Haute-Égypte*, qui connaîtra un grand succès dans toute l'Europe. L'expédition scientifique entreprend également le relevé de vestiges archéologiques et découvre la pierre de Rosette à partir de laquelle Jean-François Champollion décryptera l'écriture égyptienne. Ce savant devient ainsi le fondateur de l'égyptologie scientifique moderne.

Au XXe siècle, de nombreuses fouilles archéologiques ont lieu en Égypte, la connaissance de l'Égypte ancienne progresse considérablement.

- **L'ÉGYPTE DANS LA LITTÉRATURE**

Au XIXe siècle, l'égyptomanie se retrouve également en littérature.

Des écrivains célèbres situent l'action de leur roman dans l'Égypte des pharaons ou font apparaître des momies dans des textes *fantastiques*.

Théophile Gautier écrit deux récits relevant du genre fantastique :
Le Roman de la momie et Le Pied de momie.

- **L'ÉGYPTE AU CINÉMA**

Au XXe siècle, le cinéma s'empare également de ce thème. Des films fantastiques comme *La Momie* mettent en scène des revenants embaumés.
D'autres œuvres s'intéresseront aux pharaons les plus célèbres comme Ramsès ou Toutankhamon, ou à la construction des pyramides.

La première version de ce film date de 1932, mais il en existe une plus récente, réalisée en 1999 (voir p. 135).

Nitocris, reine d'Égypte

Étape 1 • Lire le premier chapitre d'un roman historique

SUPPORT : Chapitre 1, *Mort au crocodile !* (p. 13 à 15)

OBJECTIF : Repérer en quoi ce chapitre installe le décor et l'atmosphère du roman.

As-tu bien lu ?

1. À quelle époque se situe l'action ?
2. Les deux personnages sont :
   ☐ amis ☐ père et fils ☐ roi et serviteur
3. Où la chasse se déroule-t-elle ? Qui y prend part en plus du pharaon ?
4. Quelle proie le pharaon poursuit-il ?
   ☐ un canard ☐ un crocodile ☐ un chat sauvage

Le cadre spatio-temporel

5. Le soleil est une divinité dans l'Égypte antique. Quel est son nom ? Dans le 1er paragraphe, relève les expressions montrant sa puissance.
6. Comment imagines-tu le climat de l'Égypte ?
7. Relève les indices spatio-temporels permettant de planter le décor de l'action.
8. Quels sont les éléments (objets, noms, animaux, paysage, etc.) qui montrent que l'action va se dérouler en Égypte ?

Un pharaon tout-puissant

9. Le pharaon est un roi qui possède un pouvoir et des richesses immenses. Relève dans ce tableau ce qui lui appartient :

Les êtres vivants	
Les territoires et les richesses naturelles	
Les constructions humaines	

PARCOURS DE L'ŒUVRE

10 Dans les dialogues, relève les verbes à l'impératif utilisés par le pharaon. À ton avis, pourquoi sont-ils si nombreux ?

11 Relève les termes et expressions qui caractérisent le pharaon.

12 Par quel adjectif pourrais-tu qualifier son caractère ? En quoi Horkouf s'oppose-t-il à Mérenrê ? Est-ce surprenant ?

La langue et le style

13 Relève les noms des animaux dont il est question dans ce chapitre. Quels sont ceux que tu pourrais rencontrer dans la nature, de nos jours en Europe ?

Faire le bilan

14 En t'appuyant sur tes réponses aux questions précédentes, explique comment cette scène permet d'installer l'univers du roman.

À toi de jouer

15 Tu dois écrire le début d'un roman qui se passe à une époque éloignée ou dans un pays lointain. Pour préparer ton récit, commence par déterminer précisément l'époque dans laquelle tu veux situer l'action, puis note dans le tableau suivant, le vocabulaire que tu désires utiliser.

Personnages (précise leur rôle)	
Animaux	
Objets	

Nitocris, reine d'Égypte

Étape 2 • Analyser la métamorphose de l'héroïne

SUPPORT : Chapitre 5, *Réagir sans attendre* (p. 28 à 30)
OBJECTIF : Observer l'évolution du personnage central du roman.

As-tu bien lu ?

1. Pourquoi les Égyptiens sont-ils soulagés de voir le soleil se lever ?
2. Que fait Nitocris, en signe de deuil ?
   ☐ Elle se coupe quelques mèches de cheveux.
   ☐ Elle se couvre le visage de cendre.
   ☐ Elle se griffe le cou.
3. Qui fait-elle appeler dans la Salle du Trône ?
4. Quel remède Nitocris réclame-t-elle pour sa migraine ?
   ☐ une poudre   ☐ un onguent   ☐ une amulette

La tristesse de Nitocris

5. Range les expressions suivantes dans un tableau, selon qu'elles révèlent la fatigue ou la tristesse de la reine. Certaines peuvent être rangées dans les deux colonnes.
   la reine a peu dormi, la reine a beaucoup pleuré, tristement, la migraine, la blancheur inhabituelle.

Fatigue	Tristesse

PARCOURS DE L'ŒUVRE

6 Les mots composant deux phrases qui expriment la douleur de la perte de Pharaon ont été mélangés. Retrouve ces phrases : *Le malheur ! Mérenrê entier pleure. Quel épouvantable monde.*

Une pharaonne se révèle

7 Quel est le symbole du pouvoir que Nitocris réclame ? Explique à quoi correspond ce symbole.

8 Nitocris décrit l'état du pays. Que reproche-t-elle aux Bédouins ? Que reproche-t-elle aux Grands d'Égypte ?

La langue et le style

9 Nitocris donne de nombreux ordres dans ce passage. Relève tous les verbes à l'impératif qui lui permettent d'exprimer ces ordres.

10 Nitocris est décrite comme « patiente » et « déterminée ».
– « Patiente » est un adjectif : que désigne ce mot lorsque c'est un nom masculin ?
– « Déterminée » est également un adjectif : que signifie-t-il ? Quel autre sens peut avoir ce mot ?

Faire le bilan

11 Explique ce qui dans ce chapitre fait apparaître Nitocris comme une reine. Tu peux parler de ses attitudes, de ses propos, de sa tenue vestimentaire, des attributs du pouvoir.

À toi de jouer

12 Les pharaons étaient des rois très puissants. Effectue une recherche qui te permettra de déterminer le territoire de leur royaume et son évolution au cours des siècles. Pense au symbole de la double couronne.

13 À la fin de ce passage, Nitocris pense à ce qu'elle va faire ce jour-là. Rédige avec précision le programme de sa journée tel qu'elle peut le concevoir.

Nitocris, reine d'Égypte

Étape 3 • Étudier un aspect important de la culture de l'Égypte antique : la momification

SUPPORT : Chapitre 9, *Une momie et une tombe* (p. 42 à 45)

OBJECTIF : Étudier le récit dans son aspect documentaire.

As-tu bien lu ?

1. Où se déroule la scène ?
2. Comment l'air est-il purifié ?
3. Comment les prêtres s'éclairent-ils ?
4. Que voient les prêtres pour la première fois ?

De nombreux personnages autour de Pharaon

5. Combien de type de prêtres intervient dans ce passage ? Nomme-les.
6. Décris les trois premiers types de prêtres qui interviennent.
7. Qui récite les prières ?

    ☐ Le prêtre maître de cérémonie.
    ☐ Le prêtre rouleur de bandelettes.
    ☐ Le prêtre lecteur.

Une seconde vie

8. Les prêtres placent des bijoux sous les bandelettes. Retrouve l'intrus :
    ☐ des amulettes d'or   ☐ des amulettes de cornaline
    ☐ des amulettes de diamants   ☐ des amulettes de turquoise

9. Que va-t-on déposer autour du sarcophage de Pharaon ?
10. Pourquoi la présence de ces objets peut-elle paraître surprenante ?
11. Les Égyptiens préparent un tel tombeau pour leur roi, afin :

    ☐ que les visiteurs qui viennent rendre hommage à Pharaon puissent s'installer.
    ☐ que leur roi dispose de tout le nécessaire pour sa « seconde vie ».
    ☐ que les archéologues des siècles à venir aient des trésors à découvrir.

PARCOURS DE L'ŒUVRE

La langue et le style

12 Les prêtres utilisent des objets et des substances pour l'embaumement, relève-les dans un tableau.

Objets	Substances

13 Quel est le mot bref qui est prononcé par les prêtres avant le mot « pharaon » ou le nom « Mérenrê » ? Que signifie-t-il ?

Faire le bilan

14 Le rituel de l'embaumement est très compliqué et peut nous paraître étrange. Explique, d'après cette scène, ce qui va permettre au pharaon d'aborder une seconde vie dans les meilleures conditions. Tu peux parler du corps de pharaon et de son tombeau.

À toi de jouer

15 Les ouvriers doivent préparer à la hâte le tombeau de Mérenrê.
À l'oral, imagine avec précision la journée de l'un de ces ouvriers. Pour cela, relis le paragraphe de la fin du passage qui décrit ce travail.
À partir de ce passage, rédige un court texte, destiné à un manuel d'histoire de classe de sixième, qui explique le rituel de l'embaumement.

Nitocris, reine d'Égypte

Étape 4 • Identifier le suspense dans un récit à énigme

SUPPORT : Chapitre 13, *La révélation* (p. 55 à 57)

OBJECTIF : Comprendre comment créer du suspense dans un récit à énigme.

As-tu bien lu ?

1 D'où vient Nitocris ?

2 Dans quelle ville se rend-elle ? À ton avis, cette ville est-elle importante ? (voir le chapitre 10)

3 Quel moyen de transport utilise-t-elle ? Explique ce dont il s'agit.

4 Où ordonne-t-elle au Vizir de l'accompagner ?
☐ dans le palais ☐ au kiosque ☐ dans le tombeau de Mérenrê

Une révélation mystérieuse

5 Nitocris choisit de s'isoler dans le jardin pour entendre ce que son Vizir doit lui révéler. L'endroit est désert et calme. Relève dans un tableau les animaux et les végétaux qui l'entourent à ce moment.

Animaux	Végétaux

6 Certaines expressions du texte prouvent que la reine et le Vizir prennent soin de ne pas être entendus. Remets ces expressions dans l'ordre dans lequel elles apparaissent dans ce passage :
   a. murmure le Vizir
   b. La reine et le Vizir s'éloignent sur l'allée bordée de palmiers
   c. « nous voici, seuls. »
   d. [...] avant de poursuivre d'une voix sourde.

PARCOURS DE L'ŒUVRE

7 Lorsque le Vizir révèle à Nitocris ce qu'il a découvert, quel est le procédé qui permet de conserver le suspense pour le lecteur ?

8 Complète le texte suivant et tu retrouveras les réactions de la pharaonne lorsqu'elle entend ces révélations :
– Eux ! En es-tu sûr ? .... la reine en entendant leurs noms.
Ses mains .... sur les accoudoirs de son fauteuil.
Un afflux anormal de sang ....

9 Comment le Vizir a-t-il su qui étaient les coupables du meurtre de Mérenrê ? Pourquoi lui est-il impossible de dévoiler leur nom ?

10 Nitocris révèle-t-elle son idée de vengeance ? Pourquoi ?

La langue et le style

11 Relève le vocabulaire du crime et de l'enquête. Quels mots et expressions appartenant à ce lexique pourrais-tu ajouter s'il s'agissait d'un roman policier qui se passe à notre époque (pense, par exemple, aux progrès de la technologie) ?

Faire le bilan

12 Explique ce qui dans ce passage donne envie de lire la suite du roman. Pense à la façon dont est créé le suspense dans ce chapitre.

À toi de jouer

13 Raconte ce que le Vizir a révélé à l'oreille de Nitocris en reprenant la phrase « Voilà ce que j'ai découvert : les assassins de Mérenrê sont... et... ». Tu peux t'inspirer de ce qui est dit dans le texte, inventer des noms, préciser les circonstances exactes de l'assassinat de Mérenrê.

14 Après les révélations du Vizir, Nitocris se retire dans sa chambre pour rédiger une lettre à sa sœur. Elle y raconte tout ce qu'elle vient d'apprendre. Rédige cette lettre.

Nitocris, reine d'Égypte

Étape 5 • Étudier une scène de complot

SUPPORT : Chapitre 19, *Vengeances* (p. 73 à 75)

OBJECTIF : Repérer en quoi ce passage installe une atmosphère de secret.

As-tu bien lu ?

1. À quel moment de la journée l'action se déroule-t-elle ?
2. Qui attend Nitocris dans le jardin ?
3. Quel visage Nitocris montre-t-elle à son interlocuteur ? Dans le tableau suivant, mets une croix en face des adjectifs qui décrivent l'expression de Nitocris.

Impénétrable	Triste	Froid	Calme	Dur	Fatigué

Les préparatifs de la vengeance

4. Complète les paroles de Nitocris :

   « .... vite et .... fort pour que justice soit faite ! se dit-elle. Je vais les .... »

   Les trois mots que tu as retrouvés révèlent les intentions de la reine. Explique ce qu'elle désire faire.

5. Comment qualifie-t-elle le piège qu'elle prépare ? À ton avis, pourquoi emploie-t-elle cet adjectif ?

6. La pharaonne veut que la salle soit creusée en sous-sol et que l'eau puisse y entrer. Quelle raison donne-t-elle à cela ?
   - ☐ Elle veut y mettre des poissons.
   - ☐ Elle veut que la salle soit facilement lavée.
   - ☐ Elle veut créer une cascade artificielle.

PARCOURS DE L'ŒUVRE

La langue et le style

7 Quel procédé (déjà utilisé lors de la scène de révélation) est employé pour maintenir l'atmosphère de secret ?

8 Relève les expressions qui montrent la réaction de l'architecte. Qu'en conclus-tu sur ce que lui a dit Nitocris ?

Faire le bilan

10 Explique tout ce qui installe une atmosphère de secret dans ce passage. Tu peux parler du vocabulaire, des personnages, des dialogues, de la ponctuation.

À toi de jouer

11 Le Chef des Architectes rentre chez lui après sa rencontre avec Nitocris. Il est troublé par les ordres de la reine. Il se confie à sa femme en prenant soin de ne pas être entendu dans la maison par le reste de la famille et les serviteurs. Écris un court dialogue qui reproduit cette conversation.

12 Nitocris décide de venger la mort de Mérenrê en tuant les coupables. À l'oral, explique si tu penses qu'elle était obligée de le faire ou si elle pouvait agir autrement.

Nitocris, reine d'Égypte

Étape 6 • Analyser la progression du récit

SUPPORT : Chapitre 25, *Une soirée inoubliable* (p. 90 à 93) et les documents de l'enquête

OBJECTIF : Repérer en quoi ce chapitre prépare le dénouement.

As-tu bien lu ?

1. À quel moment de la journée la scène se déroule-t-elle ? Que signifie l'expression : « Rê le dieu Soleil navigue sur sa Barque de la Nuit » ?

2. Les serviteurs sont-ils :
   - ☐ Égyptiens
   - ☐ Phéniciens
   - ☐ Éthiopiens
   - ☐ Pygmées
   - ☐ Nubiens

3. Quelles boissons les invités espèrent-ils se voir offrir ?

4. Quel jugement les invités portent-ils sur l'idée de creuser la Salle des Banquets au lieu de la bâtir ? Que semblent-ils penser de la reine ?

5. À quoi les invités comparent-ils la Salle des Banquets ?

Un banquet fastueux

6. Quelles sont les réactions des invités lors de l'arrivée de Nitocris ? Compare-les à leurs propos lors de leur propre arrivée. Comment expliques-tu ces attitudes opposées ?

7. Le banquet est luxueux, mais en plus du repas, Nitocris offre un spectacle de chants et de danses. Qu'est-ce qu'un Pygmée ? Pourquoi aurait-il dû amuser Néferkarê ? Retrouve le passage où il en était question.

PARCOURS DE L'ŒUVRE

8 Les mets et des boissons servis sont variés. Dans la liste suivante, retrouve l'intrus :
- ☐ pains fourrés aux dattes
- ☐ glaces
- ☐ gâteaux au miel
- ☐ bière
- ☐ légumes
- ☐ rôtis
- ☐ fruits
- ☐ vin

9 Quel prétexte Nitocris évoque-t-elle pour quitter la Salle ? Pourquoi demande-t-elle à son Vizir de l'accompagner ?
- ☐ Parce qu'elle ne veut pas que son Vizir se noie.
- ☐ Parce qu'elle veut que son Vizir l'aide à marcher.
- ☐ Parce qu'elle veut que son Vizir lui ouvre la porte.
- ☐ Parce qu'elle veut que son Vizir lui fasse du vent avec une palme.

La langue et le style

10 Les invités continuent à se réjouir après le départ de Nitocris. Relève les six verbes qui expriment leurs actions. Trouve six autres verbes qui pourraient exprimer d'autres actions des invités.

Faire le bilan

11 Explique en quoi les sentiments de la reine s'opposent à ceux des invités. Repère bien les passages où sont évoqués ces sentiments de même que les réactions de la pharaonne.

À toi de jouer

12 « La décoration est cependant réussie ». D'après les renseignements des chapitres précédents, et grâce à ton imagination et tes connaissances, décris le plus précisément possible cette décoration.

13 Raconte une scène de fête au cours de laquelle un personnage éprouve des sentiments opposés à ceux de tous les invités. Choisis un événement particulier, un anniversaire par exemple.

Nitocris, reine d'Égypte

Étape 7 • Étudier le dénouement

SUPPORT : Chapitre 26, *La fureur des eaux* (p. 94 à 97)
OBJECTIF : Analyser la scène d'action finale.

As-tu bien lu ?

1 Qui est chargé d'exécuter le plan de Nitocris ? Où est-il caché en attendant le signal ?

2 Quel était le métier de ce personnage ?
☐ soldat ☐ prêtre ☐ architecte

3 Quelle est l'importance de ce renseignement pour la suite de la scène ?

4 Ce personnage est-il d'accord avec le désir de vengeance de la reine ? Relève les paroles qui te permettent de le savoir.

5 Comment s'éclaire-t-il dans le passage secret ? À l'aide :
☐ d'une lampe à huile ☐ d'une torche ☐ de la lumière de la lune

Une progression difficile

6 Relève les adjectifs qui permettent de décrire physiquement et moralement Horkouf au début du passage.

	Adjectifs
regard	
visage	
cœur	
âme	

7 La progression de Horkouf dans ce tunnel est pénible. Relève tout ce qui l'empêche d'avancer.

Une scène terrible

8 « ... l'eau du canal, enfin libre, s'engouffre dans la Salle des Banquets » : observe la phrase qui suit cet extrait dans le texte. Comment te suggère-t-on que le flot est puissant et rapide ?

PARCOURS DE L'ŒUVRE

9 L'eau envahit la salle rapidement. Reconstitue l'ordre dans lequel les actions se déroulent dans le texte.
   a. L'eau leur arrive au ventre.
   b. Les nobles invités n'ont pas le temps de comprendre [...].
   c. La lourde pierre grince, [...] et, soudain bascule.
   d. Le niveau de l'eau monte à une vitesse folle.
   e. Ils se précipitent vers la sortie [...].
   f. [...] l'eau du canal, enfin libre, s'engouffre dans la Salle des Banquets.

10 « Les Grands d'Égypte se tapent, se poussent, se battent avec rage. » : explique pourquoi l'expression « Grands d'Égypte » s'oppose aux attitudes décrites dans cette phrase.

La langue et le style

11 Les Grands d'Égypte sont surpris par l'arrivée soudaine de l'eau dans la Salle. Relève tous les verbes qui vont exprimer leurs réactions et leurs actions.

Faire le bilan

12 Explique pourquoi Nitocris a voulu éliminer tous ses ennemis en même temps. Pense aux conséquences qui auraient pu se produire si elle avait agi autrement.

À toi de jouer

13 Cette scène est violente et met en scène la mort de nombreuses personnes. Quelles réflexions t'inspire-t-elle ?

14 Imagine que tu es Nitocris et que tu te confies à ta servante Neity, le soir dans ta chambre. Tu as conçu un plan pour te venger des assassins de ton mari selon un procédé différent de celui du roman. Rédige ce que tu confies à la jeune femme.

15 Imagine que l'histoire que tu viens de lire ait existé dans l'Égypte antique. Tu es un journaliste et tu écris un article pour un quotidien racontant ce qui s'est passé au palais royal. Pense à la forme de l'article de presse (titre, dates et lieux, témoignages de personnes présentes...).

Nitocris, reine d'Égypte

L'Égypte des pharaons : regards du XIXᵉ et du XXᵉ siècle

OBJECTIF : Analyser différentes représentations de l'Égypte ancienne.

DOCUMENT 1 🖎 JEAN-FRANÇOIS CHAMPOLLION, *Lettres écrites d'Égypte et de Nubie.*

Jean-François Champollion (1790-1832) est le plus célèbre des égyptologues français. En 1821, il a été le premier à déchiffrer les hiéroglyphes à partir de textes inscrits sur la pierre de Rosette. Il sera ensuite nommé conservateur des collections égyptiennes, au musée du Louvre en 1826, puis envoyé en mission scientifique en Égypte de 1828 à 1830. C'est à cette occasion qu'il rédige les Lettres écrites d'Égypte et de Nubie, *adressées à son frère et en partie publiées dans la revue* Le Moniteur universel. *Voici un extrait de la treizième lettre écrite à Thèbes, ville de Haute-Égypte où se trouvent de très nombreux tombeaux royaux.*

Treizième lettre, Thèbes (Biban-el-Molouk), le 26 mai 1829.

[...] En entrant dans la partie la plus reculée de cette vallée, par une ouverture étroite évidemment faite de main d'homme, et offrant encore quelques légers restes de sculptures égyptiennes, on voit bientôt au pied des montagnes, ou sur les pentes, des portes carrées, encombrées pour la plupart, et dont il faut s'approcher pour apercevoir la décoration : ces portes, qui se ressemblent toutes, donnent entrée dans les *tombeaux des rois*.

[...] Je dois cependant ajouter que plusieurs de ces tombes royales portent sur leurs parois le témoignage écrit qu'elles étaient, il y a bien des siècles, abandonnées, et seulement visitées, comme de nos jours, par beaucoup de curieux désœuvrés, lesquels, comme ceux de nos jours encore, croyaient s'illustrer à jamais en griffonnant leurs noms sur les peintures et les bas-reliefs, qu'ils ont ainsi défigurés. Les sots de tous les siècles y ont de nombreux représentants : on y trouve d'abord des Égyptiens de toutes les époques, qui se sont inscrits, les plus anciens en hiératique, les plus modernes en démotique ; beaucoup de Grecs de très ancienne date, à en juger par la forme des caractères ; de vieux Romains de la République, qui s'y décorent, avec orgueil du titre de *Romanos* ; des noms de Grecs et de Romains du temps des

TEXTES ET IMAGES

premiers empereurs ; une foule d'inconnus du Bas-Empire noyés au milieu des superlatifs qui les précèdent ou qui les suivent ; plus, des noms de Coptes accompagnés de très humbles prières ; enfin les noms des voyageurs européens que l'amour de la science, la guerre, le commerce, le hasard ou le désœuvrement ont amenés dans ces tombes solitaires. J'ai recueilli[1] les plus remarquables de ces inscriptions, soit pour leur contenu, soit pour leur intérêt sous le rapport paléographique[2]. Ce sont toujours des matériaux, et tout trouve sa place dans mes portefeuilles égyptiens, qui auront bien quelques prix translatés à Paris... J'y pense souvent... Adieu.

1. Champollion a recopié les textes qu'il a observés.
2. Science de l'interprétation des écritures anciennes.

DOCUMENT 2 THÉOPHILE GAUTIER, *Le Pied de momie*.

Dans cette nouvelle fantastique* du XIXe siècle, le narrateur est un jeune homme contemporain de l'auteur. Il achète pour cinq pièces d'or, chez un brocanteur, un pied de momie comme objet de décoration. La nuit, il est réveillé par un curieux parfum et aperçoit dans sa chambre la princesse égyptienne Hermonthis à qui appartenait ce pied. La jeune femme veut reprendre ce qui lui manque.

« [...] Avez-vous cinq pièces d'or pour me racheter ?

— Hélas ! non. Mes pierreries, mes anneaux, mes bourses d'or et d'argent, tout m'a été volé[1], répondit la princesse Hermonthis avec un soupir.

— Princesse, m'écriai-je alors, je n'ai jamais retenu injustement le pied de personne : bien que vous n'ayez pas les cinq louis qu'il m'a coûtés, je vous le rends de bonne grâce ; je serais désespéré de rendre boiteuse une aussi aimable personne que la princesse Hermonthis. »

Je débitai ce discours d'un ton régence et troubadour[2] qui dut surprendre la belle Égyptienne.

Elle tourna vers moi un regard chargé de reconnaissance, et ses yeux s'illuminèrent de lueurs bleuâtres.

Elle prit son pied, qui, cette fois, se laissa faire[3], comme une femme qui va mettre son brodequin, et l'ajusta à sa jambe avec beaucoup d'adresse.

1. Le tombeau de la princesse a été pillé par des voleurs.
2. Cette expression fait référence au Moyen Âge. Le narrateur veut se montrer chevaleresque.
3. La princesse avait déjà essayé de remettre son pied mais celui-ci la fuyait comme s'il était vivant.

Nitocris, reine d'Égypte

Cette opération terminée, elle fit deux ou trois pas dans la chambre, comme pour s'assurer qu'elle n'était réellement plus boiteuse.

« Ah ! comme mon père va être content, lui qui était si désolé de ma mutilation, et qui avait, dès le jour de ma naissance, mis un peuple tout entier à l'ouvrage pour me creuser un tombeau si profond qu'il pût me conserver intacte jusqu'au jour suprême où les âmes doivent être pesées dans les balances de l'Amenthi[1].

« Venez avec moi chez mon père, il vous recevra bien, vous m'avez rendu mon pied. »

Je trouvai cette proposition toute naturelle ; j'endossai une robe de chambre à grands ramages[2], qui me donnait un air très pharaonesque ; je chaussai à la hâte des babouches[3] turques, et je dis à la princesse Hermonthis que j'étais prêt à la suivre.

Hermonthis, avant de partir, détacha de son col la petite figurine de pâte verte et la posa sur les feuilles éparses qui couvraient la table.

« Il est bien juste, dit-elle en souriant, que je remplace votre serre-papiers[4]. »

Elle me tendit sa main, qui était douce et froide comme une peau de couleuvre, et nous partîmes.

Nous filâmes pendant quelque temps avec la rapidité de la flèche dans un milieu fluide et grisâtre, où des silhouettes à peine ébauchées passaient à droite et à gauche.

Un instant, nous ne vîmes que l'eau et le ciel.

Quelques minutes après, des obélisques[5] commencèrent à pointer, des pylônes[6], des rampes[7] côtoyées de sphinx se dessinèrent à l'horizon.

Nous étions arrivés.

---

1. *Amenthi* ou *Amenti* désigne la région cachée ou l'Occident, c'est-à-dire le séjour où les âmes se rendent après la mort, afin d'être jugées Elles comparaissent devant un tribunal formé d'Osiris et de quarante-deux juges et sont pesées selon leurs bonnes et mauvaises actions.
2. Motifs décoratifs.
3. Type de chaussure orientale.
4. Le narrateur avait acheté le pied pour l'utiliser comme presse-papiers.
5. Haute colonne dont le sommet est en forme de pyamide.
6. Portail d'un temple égyptien.
7. Plans inclinés qui permettent d'accéder à un bâtiment.

TEXTES ET IMAGES

DOCUMENTS 3 ET 4

Affiche du film « The Mummy », film réalisé par Karl Freund, 1942.

Affiche du film « Le Retour de la momie », film réalisé par Stephen Sommers, 2001.

Nitocris, reine d'Égypte

As-tu bien lu ?

1 Dans quelle ville se trouve Champollion quand il écrit cette lettre (document 1) ?

2 Où se trouve le narrateur du document 2 lorsqu'il voit apparaître la princesse Hermonthis ?

Des situations très différentes

3 Les textes des documents 1 et 2 sont de genres très différents. Retrouve à quel genre appartient chacun d'eux. Attention, ils peuvent peut-être appartenir à deux catégories à la fois.

Article de dictionnaire	Récit de fiction	Lettre	Texte scientifique	Poésie

4 Dans le document 1, Champollion est-il entré lui-même dans les tombeaux ? Qu'est-ce qui t'a permis de répondre ?

5 Dans le document 2, Hermonthis est une princesse et, comme Nitocris, elle possédait des objets de valeur. Quels sont ces objets ?

Deux hommes du XIXe siècle face à l'Égypte antique

6 Comment Champollion nomme-t-il les personnes qui ont griffonné leur nom sur les murs ?

7 Pourquoi tant de monde a-t-il visité ces tombes ? Pense à tout ce qui est dit dans le roman sur ce qui se trouve dans le tombeau du pharaon.

8 Quels sont les noms des peuples mentionnés par Champollion et dont les représentants ont réalisé des graffitis sur les murs des tombeaux ?

TEXTES ET IMAGES

9 Dans *Le Pied de momie*, le narrateur effectue un voyage dans l'espace et dans le temps. Comment ce voyage est-il décrit ? Qu'est-ce qui permet de savoir que les voyageurs sont arrivés à destination ?

10 Dans *Le Pied de momie*, comment le narrateur s'habille-t-il pour suivre la princesse ? Quel adjectif signifie qu'il désire ressembler à un ancien Égyptien ? Cette tenue te semble-t-elle correspondre aux descriptions des vêtements dans le roman *Nitocris* ?

Lire les images

11 Le deuxième film est une version moderne du premier. Quels sont les points communs entre ces deux affiches.

12 À ton avis, à quelle époque se déroule l'histoire dans ces films ? Qu'est-ce qui t'a permis de répondre ?

13 Qu'est-ce qui dans chacune de ces affiches rappelle l'Égypte antique ?

À toi de jouer

14 Dans la nouvelle *Le Pied de momie*, le narrateur est accueilli par le père de la princesse Hermonthis. Pour le remercier, ce dernier organise un banquet. Raconte ce banquet en t'inspirant de celui qui a lieu dans le roman *Nitocris*.

15 Explique, à l'oral, ce que tu penses de ces personnes qui ont écrit leur nom sur les parois des tombeaux.

Le pharaon est le maître tout-puissant de l'Égypte. Roi, chef du culte et des armées, il est révéré à l'égal d'un dieu. Son existence est rythmée par des charges variées et importantes. Heureusement, il est aidé dans sa tâche par une administration nombreuse composée de son vizir, de prêtres et de scribes. La plupart de ces personnages vivent au palais royal, excepté les prêtres qui résident dans les temples. La cour est donc un lieu très peuplé. Lorsqu'il ne s'occupe pas des affaires du royaume, Pharaon peut goûter à quelques délassements en compagnie de sa famille ou de ses proches. Son statut et ses richesses lui permettent de mener au palais une vie pleine de raffinements.

L'ENQUÊTE

Comment vit-on à la cour de Pharaon ?

1 Qui vit au palais de Pharaon ? 140

2 Quels sont les loisirs de Pharaon ? 142

3 Que mange-t-on à la table de Pharaon ? 143

4 Quelle vie les femmes mènent-elles à la cour ? 145

5 Pourquoi Pharaon se fait-il construire une pyramide ? . . 147

L'ENQUÊTE EN 5 ÉTAPES

1. Qui vit au palais de Pharaon ?

Le palais de Pharaon est la demeure du roi et de sa famille, mais également le siège du gouvernement : un personnel nombreux vit sur place. Le palais ressemble à une véritable petite ville.

● **LE PALAIS DE PHARAON**

Utilisé couramment pour nommer les rois de l'Égypte antique, « pharaon » n'a jamais été un titre officiel. Ainsi le mot *pharao* n'a fait son apparition que dans la première traduction grecque de la Bible au IIIe siècle av. J.-C.

La demeure du pharaon se trouve au centre d'une grande cour, dotée d'une façade imposante ornée de piliers. Comme le palais était construit en briques crues, il en reste peu de traces, à la différence des pyramides.

Avant de parvenir dans la salle du trône, on traverse la salle d'audience où le roi reçoit son vizir[1], ses ministres, des prêtres, ou des ambassadeurs venus de pays lointains. De part et d'autre de ces deux salles, se trouvent les appartements de Pharaon et de sa famille où le maître de l'Égypte

Fenêtre du palais du souverain Merenptah (Memphis, XIIIe siècle av. J.-C.) – Philadelphie, Musée d'Archéologie et d'Anthropologie.

---

1. Vizir : équivalent d'un Premier ministre. Nommé par le pharaon, il est le personnage le plus important après celui-ci. Très savant en de nombreux domaines, il lit et écrit les hiéroglyphes. Le vizir veille au bon fonctionnement du royaume ; il nomme et contrôle les magistrats et les scribes.

L'ENQUÊTE

se détend lorsqu'il ne s'occupe pas des affaires du royaume.

● UNE VÉRITABLE PETITE VILLE

Le palais est composé d'édifices conçus pour abriter le centre du pouvoir et les temples où l'on adore les dieux. Il est divisé en deux sections principales : celle où vit Pharaon et celle où l'on répond aux exigences de l'administration.

L'enceinte du palais abrite une bibliothèque pour les archives royales et une école destinée à former les futurs scribes. On y trouve aussi le trésor royal. Les innombrables serviteurs, qui logent également dans l'enceinte, s'affairent afin que la famille royale et les habitants du palais ne manquent de rien. Les magasins et les greniers renferment tout le nécessaire pour vivre au quotidien.

Être scribe au palais

Le scribe est un personnage essentiel à la cour. Formé dès l'âge de cinq ans à la maîtrise de l'écriture hiéroglyphique et de l'écriture hiératique (l'écriture rapide qu'il utilise tous les jours), il vit et travaille au palais. Il peut exercer ses fonctions dans des domaines aussi variés que l'administration des greniers, du bétail, du trésor royal. On trouve ainsi le « scribe chargé des affaires du roi », le « scribe des documents royaux », le « scribe des Rouleaux divins »…

Le scribe Nebmertouf et le singe Thot, dieu de l'écriture et patron des scribes (vers 1400 av. J.-C.) — Paris, Musée du Louvre.

2. Dignitaire : personnage dont la charge, la fonction en fait un personnage de haut rang.

2 Quels sont les loisirs de Pharaon ?

Pharaon a une vie bien remplie : il rend un culte aux dieux afin de garantir l'équilibre du monde, administre l'Égypte, combat ses ennemis, reçoit les ambassadeurs des pays amis. Cependant, lorsqu'il lui est permis de songer à autre chose, le pharaon, tel un homme ordinaire, peut s'adonner à des loisirs.

● **HORS DU PALAIS**

La chasse est l'une des tâches que sa charge impose à Pharaon : de même qu'il repousse les peuples ennemis hors du royaume, il doit chasser les animaux sauvages pour protéger le pays. Mais elle est aussi un divertissement. La chasse se fait d'abord à pied ; au Nouvel Empire, on utilisera des chars. Le gibier est varié dans l'Égypte antique : des antilopes, des taureaux ou encore des lions, trophées dont les pharaons sont très fiers.

Comme on peut le lire au premier chapitre de *Nitocris*, la pêche constitue également un moment de détente et de plaisir pour le pharaon — alors qu'elle est un moyen de subsistance pour le peuple. Sous l'Ancien Empire, on la pratique dans les marécages, en utilisant un filet ou une lance. Dans le Nil et les marais, on traque aussi le crocodile. Celui-ci est à la fois une proie très convoitée et un danger redoutable. Il existe même un dieu crocodile : Sobek.

● **À L'INTÉRIEUR DU PALAIS**

Dans son palais, Pharaon écoute de la musique, joue à différents jeux, comme le *mehen* (jeu de l'oie), le *senet* (jeu de parcours), le jeu des vingt cases (comparable aux dames ou aux échecs) ou encore les osselets. Il aime se promener, comme Nitocris, à travers les luxuriants jardins de son palais.

Lors des fêtes et des banquets, les somptueux repas s'accompagnent de chants et de danses. À leur arrivée, les convives reçoivent un cône parfumé fait de graisse et de parfum qui doit fondre sur leur chevelure. Ainsi, tous les sens sont comblés et ravis.

L'ENQUÊTE

3. Que mange-t-on à la table de Pharaon ?

« Pain et bière » est une expression égyptienne que l'on a trouvée gravée dans les mastabas[1]. C'est dire l'importance de ces deux produits dans la culture alimentaire des Égyptiens. Cependant, riches et pauvres ne se nourrissent pas de la même façon et les produits que consomment Pharaon sont bien plus recherchés que ceux qui constituent les repas du paysan égyptien, souvent sommaires.

● LA VIANDE, UN METS DE CHOIX

Les riches peuvent consommer de la viande, qui provient de leur chasse : antilopes, gazelles, lièvres, cailles, grues font leurs délices. Les viandes de bœuf et d'oie sont toutefois leurs préférées. Quant aux gens du peuple, il est très rare qu'ils puissent en manger. Comme dans tous les pays chauds, la viande se conserve mal et doit être consommée dans les quelques jours qui suivent l'abattage de la bête. On pouvait également la conserver après l'avoir séchée au soleil.

● UNE NOURRITURE VARIÉE

En accompagnement de ces viandes, rôties, cuisinées en ragoût ou en sauce, les Égyptiens apprécient les produits de leur terre : fèves, lentilles, haricots, choux ou poireaux. Ces plats sont servis avec des pains sucrés fourrés de miel, de dattes ou de raisins secs. Les desserts consistent en fruits (dattes, figues, grenades, melons, raisins) et en douceurs sucrées (gâteaux préparés avec du miel... parfois assaisonnés de coriandre ou de cumin) !

La bière apaise la soif, mais on apprécie aussi le vin fait de raisin cultivé en Égypte même.

Bas-relief représentant la cuisson du pain et la fabrication de gâteaux, (Saqqara*, 2500-2350 av. J.-C.), — Paris, Musée du Louvre.

---

1. Mastaba : construction rectangulaire faite en briques crues puis en pierre qui servit de tombeau d'abord aux pharaons, avant qu'ils ne se fassent construire des pyramides, puis aux nobles du royaume. Ces derniers les firent décorer et y placèrent un mobilier précieux.

Scène de banquet, fragment de peinture murale, (Thèbes, 1550-1295 av. J.-C.), — Londres, The British Museum.

Banqueter chez Pharaon

Dans les banquets donnés au palais, boissons et mets raffinés sont servis en abondance. La puissance de Pharaon doit être visible même lors des festins, qui sont de ce fait somptueux. Les convives sont les hauts dignitaires du royaume et, parfois, des ambassadeurs venus d'autres pays. Après avoir reçu, en signe d'hospitalité, le cône parfumé, ils s'assoient sur des coussins disposés sur des sièges. Ils mangent avec les doigts : les serviteurs présentent régulièrement de l'eau dans des cuvettes afin que les invités s'y rincent les doigts. Les plats se succèdent, on sert le vin, plus apprécié que la bière par les nobles. Et tout en se régalant, les convives de Pharaon apprécient les divertissements variés qui accompagnent le repas : c'est une fête fastueuse !

L'ENQUÊTE

4. Quelle vie les femmes mènent-elles à la cour ?

Selon leur rang, les Égyptiennes ne vivent évidemment pas de la même façon à la cour : une princesse n'a pas le quotidien d'une nourrice ou d'une servante !

● MAÎTRESSES DE MAISON

Considérée comme l'égale de l'homme d'un point de vue juridique, la femme égyptienne pouvait posséder des biens, employer des ouvriers et demander le divorce. Certaines, telle Nitocris, sont même devenues pharaonnes.

Le rôle majeur des femmes est celui de maîtresse de maison. Mais elles travaillent également, car elles y sont contraintes pour vivre : elles cultivent les champs, tissent, fabriquent du pain ou des parfums.

● UNE FEMME D'EXCEPTION

L'épouse du pharaon, comme son époux, fait l'objet d'une grande vénération. Elle l'assiste dans certains de ses devoirs officiels : réceptions d'ambassadeurs, cérémonies. Elle se présente en ces occasions à la « fenêtre d'apparition[1] » aux côtés de Pharaon. Le devoir essentiel d'une épouse de pharaon est de lui donner un fils qui pourra lui succéder. Ceci fait, elle s'investit dans l'éducation du jeune prince, tant qu'il est enfant. Elle est aidée dans sa tâche par une ou plusieurs nourrices qui prodiguent au jeune prince tous les soins nécessaires. Les princesses royales, ainsi que les épouses des hauts dignitaires, ont des servantes qui les aident à se vêtir, se coiffer et se maquiller.

Cuiller à fard, Antiquités égyptiennes — Paris, Musée du Louvre.

---

1. Fenêtre d'apparition : fenêtre d'un balcon du palais où le pharaon se montre à ses sujets (pour leur octroyer des récompenses par exemple), s'adresse à ses fonctionnaires ou reçoit les tributs des peuples étrangers.

● L'ART DE PLAIRE

Les Égyptiennes passent beaucoup de temps à se faire belles. Leurs vêtements sont souvent simples, confectionnés de lin blanc. Sous l'Ancien Empire, les robes à bretelles laissaient parfois les seins nus.

Les femmes se maquillent sans modération ! Leurs yeux sont fardés de khôl noir : une poudre minérale qui protège des infections (même les hommes et les enfants l'utilisent !). Les paupières, les joues et les lèvres sont parfois colorées.

● DE SOMPTUEUX BIJOUX

Les bijoux, nombreux et pesants, contrastent avec la simplicité du vêtement. Ils sont souvent protecteurs, considérés comme des amulettes ou des porte-bonheur. Plus le rang social de la femme est élevé, plus ses bijoux sont précieux. Bracelets, bagues, diadèmes agrémentent la tenue féminine ; les plus impressionnants sont sans doute les pectoraux : larges colliers qui tombent sur la poitrine. Ils peuvent comporter jusqu'à douze rangs de pierres semi-précieuses ! Les couleurs vives de la turquoise, de la cornaline, ou du lapis-lazuli (pierre importée d'Afghanistan très appréciée des Égyptiens, à l'exemple de Nitocris) ressortent sur la blancheur du vêtement ou sur la peau. À tel point que les hommes aussi raffolent des bijoux !

Boucle d'oreille dite « aux oiseaux bleus », (1550-1070 av. J.-C.) — Le Caire, Musée national d'Egypte.

La perruque

Porter une perruque dans l'Égypte des pharaons est un choix esthétique et une coutume. Faite de cheveux véritables, celle-ci peut s'orner de diadèmes. Elle est réservée aux membres de la famille royale et aux nobles et, comme les bijoux et le maquillage des yeux, elle est également portée par les hommes. Les prêtres, eux, n'en mettent pas et se reconnaissent à leur crâne rasé.

L'ENQUÊTE

5. Pourquoi Pharaon se fait-il construire une pyramide ?

Une pyramide est un grand édifice de pierre dont la forme évolua au cours des différentes périodes de l'Antiquité égyptienne. D'abord à degrés[1], elle devint rhomboïdale[2] avant d'adopter des faces lisses. Lors de fouilles archéologiques de certaines pyramides, on découvrit des textes gravés et peints. Ces textes renseignèrent les savants sur l'identité des pharaons qui y reposaient pour l'éternité.

● UN MONUMENT ÉTERNEL

La pyramide est le tombeau du pharaon : ce doit être un édifice beau et imposant où reposera sa dépouille. Elle est destinée à témoigner de sa puissance et de sa grandeur pour les siècles à venir. Cette construction est d'une telle ampleur qu'elle demande des années de travail et une main-d'œuvre très importante. L'extraction des pierres, leur transport, leur taille et leur superposition nécessitent les efforts de centaines d'Égyptiens ! Ensuite, à partir des années 2350 av. J.-C., des artisans sculpteurs et peintres interviennent pour décorer l'édifice.

Le monument doit être parfait car il est destiné à Pharaon, être d'exception, intermédiaire entre les dieux et les hommes. Les Égyptiens de l'Ancien Empire croient en effet en la survie de l'âme royale après la mort. Mais pour passer dans le royaume d'Osiris, dieu des morts, le corps de Pharaon doit être momifié. Il sera donc conservé grâce au processus complexe de l'embaumement auquel préside le dieu à tête de chacal, Anubis, et que prennent en charge des prêtres spécialisés.

Masque funéraire de Toutankhamon, (1361-1342 av. J.-C.) — Le Caire, Musée national d'Égypte.

---

1. Pyramide à degrés : premier type de pyramide, elle succède au *mastaba* et comporte plusieurs étages. L'exemple le plus célèbre de pyramide à degrés est celle du pharaon Djéser, édifiée par son architecte Imhotep : haute de 60 mètres sur une base de 121 mètres sur 109 mètres, elle comporte six plates-formes ou degrés.

2. Pyramide rhomboïdale : pyramide dont les faces sont des losanges, elle est le type intermédiaire entre la pyramide à degrés et la pyramide à faces lisses. On peut en voir un exemple à Dashour avec la pyramide du roi Snéfrou.

● L'ANCIEN EMPIRE : LE TEMPS DES PYRAMIDES

C'est sous l'Ancien Empire (d'environ 2634 à 2140 avant J.-C.) que sont édifiées les grandes pyramides dont nous pouvons encore admirer les vestiges. À Saqqarah, dans la région de Memphis, Imhotep construit pour le pharaon Djéser la première pyramide en pierre. Auparavant, les pharaons étaient inhumés dans des mastabas et le matériau utilisé était la brique crue. Imhotep a l'idée de superposer des mastabas afin de réaliser une sorte d'escalier monumental. À Gizeh, près du Caire, trois pyramides aux proportions gigantesques sont bâties pour le pharaon Khéops (vers 2500 av. J.-C.) et ses successeurs, Khéphren et Mykérinos. La pyramide de Khéops est l'une des Sept Merveilles du monde antique. Ainsi, près de trois mille ans avant J.-C., les Égyptiens ont su construire des monuments funéraires complexes dont les techniques d'édification font toujours l'admiration des hommes d'aujourd'hui.

● DE FABULEUX TRÉSORS

Au fil du temps, sous le Moyen et surtout le Nouvel Empire, les tombeaux des pharaons et des nobles évoluent et s'enrichissent de véritables trésors artistiques dont un certain nombre est parvenu jusqu'à nous. Les parois du tombeau s'ornent de bas-reliefs et d'inscriptions, les sarcophages sont richement peints et de nombreux objets, quotidiens ou précieux, sont placés dans les tombes. En les découvrant, archéologues et égyptologues ont pu étudier la civilisation égyptienne. Par exemple, on a trouvé dans des mastabas de notables des bas-reliefs

Memphis, vue du Sphinx et de la grande pyramide de Gizeh, gravure extraite de « Description de l'Egypte par Friedrich Schroeder, vers 1810.

3. Hypogée : tombe souterraine creusée dans le roc qui sert de tombe aux pharaons des Moyen Empire (environ 2022 à 1780 avant J.-C.) et Nouvel Empire (environ 1539 à 1080 avant J.-C.).

L'ENQUÊTE

Bas-relief peint et sculpté représentant Séthi et Hathor, (tombe de Séthi 1er, 1291-1279 av. J.-C.) — Paris, Musée du Louvre.

montrant des scènes de la vie quotidienne ou bien, dans les hypogées[3] de la Vallée des Rois, de représentations du voyage de l'âme de Pharaon dans l'au-delà. Ainsi ont-ils pu comprendre ce qu'étaient les activités et les croyances religieuses des Égyptiens.

● ARCHITECTE, UNE FONCTION SACRÉE

L'édification des palais, des temples et des pyramides est une tâche sacrée. Celui qui a la charge d'en imaginer les plans et les décors exerce donc une fonction à lourde responsabilité : aucune erreur ne lui est pas permise ! L'architecte, qui a reçu une formation de scribe, est savant en de nombreux domaines, notamment en mathématiques. Les dimensions d'une pyramide sont le résultat de calculs compliqués lui conférant une forme et une stabilité parfaites. L'architecte connaît également les sols, les matériaux et les techniques de construction. Certains furent si sages et possédaient une science si vaste qu'ils furent divinisés[4] après leur mort.

Deux architectes divinisés après leur mort

Imhotep, architecte du roi Djéser (vers 2600 av. J.-C.), lui bâtit une pyramide à degrés, la première en pierre, encore visible aujourd'hui.

Amenhotep, architecte et ministre du pharaon Aménophis III[5], édifia de nombreux temples, dont le plus grand temple funéraire jamais construit, à Louxor, qui n'était pas encore achevé à la mort du roi !

---

4. Diviniser : considérer un simple mortel comme un dieu et le vénérer, souvent après sa mort. Amenhotep, par exemple, fut honoré comme un dieu guérisseur.

5. Aménophis III : pharaon de la XVIIIe dynastie qui régna probablement entre 1408 et 1372 avant J.-C. (Nouvel Empire). Il succéda à son père Thoutmosis IV et laissa son trône à son fils, Aménophis IV. Appelé Akhénaton, celui-ci fut l'époux de Néfertiti, reine célèbre pour sa beauté légendaire.

Petit lexique de l'Égypte ancienne

Abydos — Cité de Haute-Égypte où se trouvait le tombeau présumé d'Osiris.

Aménophis III — Pharaon de la XVIIe dynastie qui régna probablement entre 1408 et 1372 avant J.-C. (Nouvel Empire). Il succéda à son père Thoutmosis IV et laissa son trône à son fils Aménophis IV. Appelé Akhénaton, celui-ci fut l'époux de Néfertiti, princesse célèbre pour sa beauté légendaire.

Anarchie — (Du grec *an-* et *archia*, « sans commandement, sans pouvoir ») situation politique dans laquelle le pouvoir n'appartient plus à personne.

Bès — Génie protecteur, nain disgracieux et grimaçant qui éloigne les mauvais esprits, protège les femmes enceintes et les nouveau-nés.

Dignitaire — Personne dont la charge, la fonction en fait un personnage de haut rang.

Diviniser — Considérer un simple mortel comme un dieu et le vénérer, souvent après sa mort. Aménhotep, par exemple, fut honoré comme un dieu guérisseur.

Éléphantine — Île du Nil située en face de la ville d'Assouan, point de départ des expéditions vers le Soudan à l'époque des pharaons.

Fenêtre d'apparition — Fenêtre d'un balcon du palais où le pharaon se montre à ses sujets (pour leur octroyer des récompenses par exemple), s'adresse à ses fonctionnaires ou reçoit les tributs des peuples étrangers.

Grands d'Égypte — Nobles égyptiens, personnes les plus puissantes et les plus influentes du royaume.

Héliopolis — (En grec, *hélios* signifie « le soleil » et *polis*, « la ville ») ville du dieu Soleil Rê.

Horus	Dieu du Ciel, fils d'Osiris et d'Isis, représenté avec une tête de faucon. Il est, avec son père, l'ancêtre de tous les pharaons.
Hypogée	Tombe souterraine creusée dans le roc qui sert de tombe aux pharaons des Moyen Empire (2022 à 1780 avant J.-C.) et Nouvel Empire (environ 1539 à 1080 avant J.-C.).
Maât	Déesse égyptienne de la Justice et de la Vérité.
Memphis	Capitale du premier nome de Basse-Égypte. Son nom grec vient de l'égyptien *Men-néfer*, nom de la pyramide de Pépi Ier, grand-père de Nitocris.
Mastaba	Construction rectangulaire funéraire en briques crues destinée d'abord aux pharaons puis aux dignitaires du royaume.
Neith	Très ancienne et très puissante déesse du nord de l'Égypte. Mère du Soleil, elle tue ses ennemis de ses flèches, protège les sarcophages et le sommeil. Son nom apparaît dans le nom antique de Nitocris, *Neithikerty*.
Nomarques	Responsables qui gouvernent les nomes, provinces d'Égypte.
Pyramide à degrés	Premier type de pyramide, elle succède au mastaba et comporte plusieurs étages. L'exemple le plus célèbre de pyramide à degrés est celle du pharaon Djéser, édifiée par son architecte Imhotep : haute de 60 mètres sur une base de 121 mètres sur 109 mètres, elle comporte six plates-formes ou degrés.
Pyramide rhomboïdale	Pyramide dont les faces sont des losanges, elle est le type intermédiaire entre la pyramide à degrés et la pyramide à faces lisses. On peut en voir un exemple à Dashour avec la pyramide du roi Snéfrou.
Ptah	Dieu protecteur de la ville de Memphis.
Rê	Dieu-Soleil, représenté avec une tête de bélier ou de faucon.

Saqqara — Vaste nécropole royale de la région de Memphis.

Sekhmet — Déesse guerrière de la vengeance, représentée avec une tête de lionne.

Seth — Dieu de la Guerre, du Tonnerre et des Forces violentes, représenté avec une tête de canidé et une queue fourchue. Il tue son frère Osiris pour usurper son pouvoir mais est vaincu par Horus.

Sistre — Petit instrument de musique et de culte dans l'Égypte ancienne. Il est constitué d'une tige d'où partent des branches garnies de métal.

Thot — Dieu de l'écriture et des sciences, il est le patron des scribes et le messager des dieux. Il est représenté sous l'apparence d'un homme à tête d'ibis ou sous celle d'un singe.

Uraeus — Emblème du pouvoir du pharaon, c'est un serpent dressé portant un disque solaire sur la tête. L'uraeus surmonte la couronne du pharaon.

Vizir — Équivalent du Premier ministre. Nommé par le pharaon, il est le personnage le plus important après celui-ci. Très savant en de nombreux domaines, il lit et écrit les hiéroglyphes. Le vizir veille au bon fonctionnement du royaume ; il nomme et contrôle les magistrats et les scribes.

Petit lexique du roman historique

Crédible	Désigne ce qui peut être cru, ce qui semble réel.
Dépayser	Donner l'impression que l'on change de lieu (ou d'époque).
Fantastique	Genre littéraire qui met en scène l'irruption d'un événement surnaturel dans un contexte réaliste.
Fiction	Dans un récit, invention (de personnages, de lieux, ...)
Information documentaire	Ensemble des données historiques recueillies dans les sources.
Journal de voyage	Récit rédigé à la première personne, jour après jour, destiné à retracer les étapes d'un voyage et dans lequel le voyageur note et décrit tout ce qu'il voit. Il peut être publié ou non.
Nouvelle	Texte narratif court (d'une à plusieurs dizaines de pages) dans lequel l'intrigue se trouve condensée.
Roman	Texte narratif long, de fiction.
Sources	Ensemble des documents (textuels et iconographiques) sur lequel on se fonde pour connaître une époque.
Vérité historique	Vérité des informations liées à une époque, concernant les lieux, les événements, les habitudes de vie et de pensée.

À lire et à voir

● **LIRE SUR L'ÉGYPTE**

Yves Alphandari
— *Momies et sarcophages,* Père Castor-Flammarion, 2001
— *À la découverte des hiéroglyphes,* Père Castor-Flammarion, 2004

Sylvie Baussier
L'Égypte des pharaons, collection Kididoc, Nathan, 2002

Anne Millard
Le Nil au fil du temps, Gallimard Jeunesse, 2003

Evelyne Brisou-Pellen
La Vengeance de la momie, collection Le Livre de Poche, Hachette jeunesse, 2001

Alain Surget
— *L'Œil d'Horus,* collection Castor poche, Flammarion, 1999
— *L'Assassin du Nil,* Flammarion, 1999
— *Le Maître des deux terres,* collection Castor poche, Flammarion, 2000

Odile Weulersse
— *Les Pilleurs de Sarcophage,* Le Livre de Poche Jeunesse, 2007
— *La Momie bavarde,* Pocket Junior, 1999
— *Le Secret du papyrus,* Le Livre de Poche Jeunesse, 2007
— *Disparition sur le Nil,* Le Livre de Poche Jeunesse, 2007

● LE ROMAN HISTORIQUE

Evelyne Brisou-Pellen
L'Inconnu du donjon, collection Folio Junior, Gallimard Jeunesse, 2007

Edward Bulwer-Lytton
Les Derniers jours de Pompéi, collection Le Livre de Poche, Hachette jeunesse, 2002

Alexandre Dumas
— *Les trois Mousquetaires,* Le Livre de Poche Jeunesse, 2008
— *La Reine Margot,* collection Folio, Gallimard, 1973

Jacqueline Mirande
Gannorix, Castor Poche, 2002

Walter Scott
— *Waverley,* Bibliothèque de la Pléiade, Gallimard, 2003
— *Ivanhoé,* collection Folio Junior, Gallimard Jeunesse, 1998
— *Quentin Durward,* École des Loisirs, (version abrégée), 1979

● FILMOGRAPHIE (FILMS HISTORIQUES)

Ivanhoé
Film de Richard Thorpe, 1952

Ben Hur
Film de William Wyler, 1959

Les Trois Mousquetaires
Film de Richard Lester, 1974

Le Bossu de Philippe
Film de Broca, 1997

La Momie
Film de Stephen Sommers, 1999

Le Retour de la momie
Film de Stephen Sommers, 2001

● **SITES INTERNET**

Civilisation égyptienne

– Sur le pharaon et la place de la femme dans la société égyptienne : http://www.bubastis.be/

– Sur les tombes et les mastabas : http://www.osirisnet.net/

Quizz sur l'Égypte ancienne

http://www.legypteantique.com/quizz-egypte.php

http://www.studentsoftheworld.info/jeux/egypt/menu_jeu_egypt_fr.html

http://www.le-precepteur.net/cm2/histoire/egypte-ancienne/quizz-corriges/0/

Le roman historique (à destination des enseignants)

Site sur le roman historique avec de nombreuses bibliographies : http://www.crdp.ac-creteil.fr/telemaque/document/histoire.htm

Site sur le roman historique avec des titres d'œuvres classées par période historique :
http://www.hemes.be/esas/mapage/document/romanhis.html

Table des illustrations

2	ph © Archives Hatier – Scribe, vers 1400 av. J.-C. – Paris, Musée du Louvre
7-h	ph © B.N.F., Paris/Archives Hatier
8	ph © DR
23	ph © Musée national d'Egypte, Le Caire/Giraudon/The Bridgeman Art Library
135-bd	Coll. Prod DB/© Alphaville Films – Imhotep Productions/DR
135-g	Coll. Prod DB/© Universal/DR
140	ph © Farabola/Leemage
141	ph © Archives Hatier
143	ph © Franck Raux/RMN
144	ph © The British Museum, Londres, Dist. RMN/The Trustees of the British Museum
145	ph © Giraudon/The Bridgeman Art Library
146	ph © Giraudon/The Bridgeman Art Library
147	ph © Agence Bulloz/RMN
148	ph © Michèle Bellot/RMN (Paris, Musée du Louvre, Chalcographie)
149	ph © Hervé Lewandowski/RMN
19, 30, 41, 45, 48, 57, 70	ph © Archives Hatier
112 à 137	ph © Archives Hatier, détail du Recueil du Livre des Morts, Londres, British Museum

Iconographie : Hatier Illustration
Principe de maquette : Marie-Astrid Bailly-Maître & Sterenn Heudiard
Suivi éditorial : Brigitte Brisse et Elsa Fougères
Illustrations intérieures : Emmanuel Cerisier
Mise en pages : Facompo

Achevé d'imprimer par Grafica Veneta à Trebaseleghe - Italie
Dépôt légal n° 93974-7/01 - Octobre 2011